フヒヒヒヒヒヒヒ
ガッ
い、いやあああああああっ!

野いちご文庫

見てはいけない

ウェルザード

STARTS
スターツ出版株式会社

CONTENTS

見てはいけない

登場人物紹介

神《かん》崎《ざき》若《わか》葉《ば》

ごく普通の女子高生。奇怪な行動を繰り返して謎の死を遂げた、親友が遺したノートを見てしまう。それをきっかけに夢か現実かも曖昧な学校を舞台に、不気味な出来事に巻き込まれることに……。

野《の》澤《ざわ》海《かい》琉《る》

思ったことはズバッと言う体育会系男子。言動が乱暴で光星と争うこともあるが、本当はピュアで心優しき熱血タイプ。若葉を守るために、自ら危険に立ち向かう。

雛木摩耶《ひなきまや》

若葉たち仲良し四人組のひとり。優しくて大人しい性格で、その繊細さから不気味なノートの影響を一番に受ける。極限状態に追い込まれてしまい……。

木之本光星《きのもとこうせい》

勉強ができる優等生で、仲良し四人組のまとめ役。頭が良く、理論派だけど、摩耶に心を寄せているため、彼女を守るために身勝手な行動を取ることも。

和田信長《わだのぶなが》

音楽室でピアノを弾く謎の教師。奇怪な現象の秘密を知っている様子で、かつて起こった事件の唯一の生存者だという。一連の出来事を終わりにさせたいと奮闘する。長髪で隠されている顔の右半分は……。

・その「言葉《ことば》」を知ってはならない。

・「言葉」を知れば、夢《ゆめ》を見る。

・夢の中に現れる白い物を見てはいけない。

・それを見てしまったら、決して目を逸《そ》らしてはならない。

・それに捕《つか》まってはならない。

・夢から覚《さ》める場所に辿《たど》り着《つ》け。

・その場所は、人によって違《ちが》う。

・このノートは元の場所に還《かえ》さなければならない。

知ってはならない言葉

「は、早瀬月菜《はやせつきな》さんが亡《な》くなりました」

ホームルームの時間、担任《たんにん》の浜村《はまむら》先生が落ち着かない様子《ようす》で私達にそう言った。

なぜ亡くなったのか、それを教えてはもらえなかったけれど、クラスのほとんどの人が、月菜の様子がおかしかったことは気付《きづ》いていた。

ここ最近、ブツブツと何《なに》やら呟《つぶや》きながら、ノートに向かって何かを書きなぐっている姿《すがた》を見ていたから。

誰《だれ》が話しかけても一切反応《いっさいはんのう》せずに。

私は月菜と仲《なか》が良《よ》かった。

だから、そんな月菜をどうにかしたかったけれど、その前に月菜は死んでしまった。

悲しくて、やり切れなくて、私は机《つくえ》に伏《ふ》して泣《な》くことしかできなかった。

ただ、ひとつ思うことは……。

ノートに何かを書いている時の月菜は、何か鬼気迫《ききせま》る表情《ひょうじょう》をしていたというか。

ひとりで何かを抱《かか》え込《こ》んでいるんだろうなということだけは、なんとなく理解《りかい》していた。

その姿は少し怖《こわ》くて、クラスの皆《みんな》も同じ思いだったのか、誰も話しかけようなんて思わなくなっていったんだ。

そんな中で、月菜が亡くなったなんて話を聞いたから、皆、色々《いろいろ》な噂《うわさ》をし始《はじ》めるようになった。

これが……ただの始まりだったなんて何も知らずに。

「いや、だからさ、あの時の早瀬はマジでヤバかっただろ。気が狂《くる》ったみたいに何かを書いててよ。時々《ときどき》奇声《きせい》を発《はっ》してたしな」

「何か気持ち悪かったよね。やっぱりおかしくなって、自殺《じさつ》しちゃったのかな」

「ああなる前は良いやつだったのにな。なんであんなふうになったんだか」

私の前の席《せき》に集まって、三人が月菜の死について話をしている。

机に突っ伏したまま、ぼんやりと話を聞いているけれど、さっき死を知ったばかりだというのに、もう月菜は過去《かこ》の人みたいで。

私は寂《さび》しさを感じていた。

「お前はどう思うんだよ、若葉《わかば》。早瀬とは小学校から一緒《いっしょ》なんだろ？」

前の席の野澤海琉《のざわかいる》が、私の目の前で手を振《ふ》ってみせて尋《たず》ねた。

根《ね》はいいやつなんだけど、何にでも強《つよ》がってみせて、それが原因《げんいん》で他《ほか》の人ともめることがある。

「うん……やっぱり、月菜に何かあったんだと思う。何があったのかはわからないけど」

「そんなの皆思ってるよ。明るくて優《やさ》しくて、クラスの中心だった月菜が、いきなりあんなになるなんて」

雛木摩耶《ひなきまや》。

大人《おとな》しくて、いつも私と月菜の三人でいたけど、月菜があぁなってから、ずっと心《しん》配《ぱい》していた。

「なんかさ、取り憑《つ》かれてるみたいだったよな。いつからだ？　早瀬がおかしくなったのって」

そう言ったのは木之本光星《きのもとこうせい》。

海琉が起こす問題に頭を悩《なや》ませながらも、それを解決《かいけつ》してくれる。

私達の中では一番《いちばん》頭が良い。

いつからそうなったと聞かれたら……多分先週《たぶんせんしゅう》くらいのような気がする。

「そういえば先週さ、月菜が体育の授業《じゅぎょう》を休んだことあったよね？」

「ああ、うん。でもあれって体調不良《たいちょうふりょう》だったんじゃないの？　保健室《ほけんしつ》にいたし」

確かに体育の授業が終わって、保健室から出てくる月菜を見たけど……でも、授業の前には元気で、『私が授業に出ないの』と尋ねると、月菜はこう言った。

『ちょっと、行かないといけない場所があるんだ』

その時は元気そうだったのに。

「でも、その次の日からおかしくなり始めたんだよ？　何かがあって、月菜は保健室で休んでたんだと思う」

私が知っていることを話して、皆の意見《いけん》を聞く。

「別になんでもねぇだろ。きっと生理《せいり》だ生理。体調が悪かったのもそれだよ」

海琉は悪い人間じゃないんだけど、こういうデリカシーのなさはどうにかならないかな。

「海琉、なかなか最低《さいてい》な発言だね」

摩耶が、まるで汚物《おぶつ》を見るような目で海琉を見る。

あーでもない、こーでもないと話をしている中、なぜか光星は黙《だま》ったままで何かを考えているようで。

首を傾《かし》げながら、私達を見ると口を開いた。

「早瀬がどこかに行ってから体調不良になったっていうなら、一体《いったい》どこに行ってそうなったんだ？」

そう言われると……私にはわからない。

あの日、月菜はどこに行ったのか、そして、なぜそこに行かなければならなかったのか。

「誰も見てないなら、考えてもわからないよな。てか、早瀬の机の中に何か入ってないのかよ。若葉、お前見てみろよ」

「えっ！　な、なんで私⁉」

とは言いつつも、私も気になっていたことだ。

何が月菜を変えて、なぜ死ななければならなかったのか、その理由《りゆう》を知りたかったから。

席を立ち、ふたつ隣《となり》の月菜の机に移動《いどう》し、その中に何かないかなと、ゆっくりと覗《のぞ》き込んだ。

綺麗《きれい》な机の中。

何も入っていないと思っていたけれど、私の予想《よそう》に反《はん》してノートが一冊《さつ》入っていたのだ。

それを見た瞬間《しゅんかん》、ゾクッと背筋《せすじ》に冷たいものが走った。

きっとそれは、月菜がおかしくなってから何かを書きなぐっていたノートに違いなくて。

それを開くべきかどうなのか。

何か、嫌《いや》な予感がするというか、触《ふ》れることすら危険《きけん》な雰囲気《ふんいき》があったから。

「若葉、何かあったのか？」

「う、うん……ノートが一冊あったんだけど」

私がそう言うと、これが何かというのに気付いたのだろう。

三人とも驚《おどろ》いたような表情を浮かべて、それ以上は何も言わなかった。

周《まわ》りをよく見ると、三人だけではなかった。

教室の中にいる全員が、私がノートを取り出すのを見ていたのだ。

そんな目で見ないでよ……。

嫌だなと思いながらも、もうここまで来ると私が取り出さなければならないような空気になっている。

半《なか》ば諦《あきら》めて、机の中にあるノートを取り出して。

私の机まで持ってきた。

「うわ……なんか下のほうがふやけてんじゃん。もしかしてこれ、よだれか？」

海琉が指《ゆび》さした場所は、確かに紙がふやけていて。

口から垂《た》れたよだれが、ノートを濡《ぬ》らしたのだと容易《ようい》に想像《そうぞう》できた。

「とりあえず開いてみろよ。何か書かれてるかもしれない」

光星に言われ、しぶしぶ表紙《ひょうし》をめくった私は……言いようのない恐怖《きょうふ》を覚えた。

最初のページ。

もう、そこだけで言葉を失《うしな》うくらい不気味《ぶきみ》で、私はこの次のページをめくるべきか悩んでいた。

「なんだ……これ。こんなの聞いたことあるか？」

「あ、あるわけないだろ。でも、もしこれが本当だったとしたら……早瀬がおかしくなったのも辻褄《つじつま》が合うよな」
私も、光星の意見に納得《なっとく》しそうになる。
これが本当……と考えるには無茶《むちゃ》だと思うけど。
だけど、それが本当と思ってしまうほど、月菜が異常《いじょう》だったから。
そのページには、〝シロイユメ〟と書かれていて、こう続いていた。

・その「言葉」を知ってはならない。
・「言葉」を知れば、夢を見る。
・夢の中に現れる白い物を見てはいけない。
・それを見てしまったら、決して目を逸らしてはならない。
・それに捕まってはならない。
・夢から覚める場所に辿り着け。
・その場所は、人によって違う。
・このノートは元の場所に還さなければならない。

何か、気持ち悪い感じがする内容。

月菜のノートだけど、これ以上ページをめくるのはまずいような気さえする。

「……次のページは何が書かれてんだよ。知ってはならない言葉？　何だよそれ。まさかこの〝シロイユメ〟ってのがそうなのか？」

海琉の言葉に、ハッキリと返事ができる人はいない。

それはそうだよ。

だって、こんな話なんて……私達の誰も知らなかったから。

「いやいや、だからこんな話は知らないって言ってるだろ。シロイユメって……真《ま》っ白な夢ってことか？」

気になる……気になるけど、これ以上は本当にダメな気がする。

「ど、どうする？　次のページ、見る？」

きっと、摩耶も私と同じ思いに違いない。

見たくないから、見るかどうかの判断《はんだん》を他人《たにん》に委《ゆだ》ねたいのだ。

そして、見ないという答えを求めている。

「わ、私は……なんか見ちゃいけないような気がする」

思わずそう呟いたけれど、私はもう少し言い方を変えるべきだったと後悔《こうかい》することになる。

摩耶と光星は、私に同調《どうちょう》したように首を縦《たて》に振ったけど……海琉は違った。

「お、お前らビビってんのかよ。ただのノートだろ」

そう言って、海琉が次のページをめくってしまったのだ。

途端《とたん》に感じる悪寒《おかん》と不気味な気配《けはい》。

どこから見られているような視線《しせん》すら感じる。

だけど私は、それすらも超《こ》える〝狂気《きょうき》〟みたいなものをノートから感じ、思わず息《いき》を飲《の》んだ。

直線《ちょくせん》だけで書かれた、文字のような物。

それが、ページを埋《う》め尽《つ》くすほどビッシリと書かれていたのだから。

あまりの不気味さに、誰も声を出せないし動かない。

ノートに釘付《くぎづ》けになった目だけが動き、脳《のう》が必死《ひっし》にその文字らしき物を理解しようとしていた。

ミ……シナ……ン……ネ？

直線だけで書かれた文字は、そう読めるけど……どういう意味？

そこまで考えた時、私は気付いてしまった。

私達は四人でノートを見ていたはずだ。

なのに、私の目の前に……もうひとり、誰かの気配を感じる。

でも、それが誰かはわからない。

まるで首を絞《し》められているかのように、息苦《いきぐる》しくて呼吸《こきゅう》ができない。

私の目の前に立っている人は、一体誰なの⁉

視線を上げてその姿を直視《ちょくし》することが怖くてできない。

それでもなんとか、確認しようとゆっくりと目だけ動かしていく。

黒いスカートだ……と、そこまで認識《にんしき》した時だった。


「席に着け！　授業を始めるぞ！」

その声と共《とも》に、教壇《きょうだん》の机に出席簿《しゅっせきぼ》を叩《たた》きつける音。

それが耳に届《とど》いた瞬間、私達はハッと我《われ》に返ったように頭を上げた。

さっきまで感じた悪寒や不気味さはない。

と、同時に、私の目の前にいたはずの人物も……いなくなっていたのだ。

先生の声に、慌《あわ》ててノートを閉じた海琉。

「授業か。若葉、このノートはお前が持ってろよ」

「えっ⁉　わ、私が⁉」

海琉にそう言われて、思わず顔をしかめてしまった。

「そ、そうだな。頼《たの》んだ」

「ごめん、若葉。お願いね」

誰もノートを持っていたくないというのがわかる。

私だって持っていたくないし、なんなら月菜の机に戻《もど》したいけれど、授業が始まる。

休み時間に戻せばいいかと、私はそのノートを自分の机の中に入れた。

あれから数時間が経《た》った。

担任の浜村先生が、明日の月菜のお葬式《そうしき》にはクラスで行くが、今日行われるお通夜に行く生徒《せいと》は午前の授業が終わりしだい帰宅《きたく》してもいいと言われた。

昼休みになり、お弁当《べんとう》を食べながらも、私は帰るべきか残るべきか悩んでいる。

本来《ほんらい》なら、悩むことじゃないんだろうけど……。

「お前はどうするんだ？　やっぱ行くんだろ？」

食が進まない中で、海琉に声をかけられる。

「うん……そのつもりではいるんだけど、どうしてもノートのことが気になって」

そう言いながら、私は箸《はし》を置いた。

ホームルームの後、月菜のノートを見ていた時にいたあの人物。

それが何かというのは知る由《よし》もないけれど、かなりヤバいモノだったんじゃないかって。

「ああ、ノートと言えばよ、あれなんだったんだ？　ページをめくった瞬間、俺《おれ》の横に何かいたよな？　ビビったぜ……ありゃあ……なんだよ」

「え、やっぱり海琉も気付いてたの⁉　でも、顔を上げた時には、誰もいなかったよね……」

気のせいと思うには私だけじゃないし……海琉が『誰かいた』ではなく、『何かいた』と言ったのも気になる。

それに、海琉が気付いたということは……摩耶と光星も気付いたかもしれない。

私と海琉が話をしていると、その話が聞こえていたのか、光星と摩耶が私の席までやってきた。

「俺の勘違《かんちが》いじゃなかったのか……あのノートをめくった時にいた四人が同じモノを〝感じた〟ってわけだな」

摩耶と光星が同意《どうい》するように頷《うなず》いた。

「やだ、なんか怖いんだけど。大丈夫だよね？　私達も月菜みたいにならないよね？」

結局私達は、四人で月菜のお通夜に行くために学校を後《あと》にした。

といっても、それは建《た》て前で、本当はこのノートを早く手放《てばな》したかっただけかもしれない。

「早瀬みたいになるかどうかなんてわからねぇよ。あんなことになるなんて想像もできねぇ。にしてもなんだありゃあ。ビッシリ同じ文字が書かれてたよな？」

「文字……だったのあれ？　記号《きごう》か、何かのマークみたいな感じだったけど」

私があのノートを持っているけど、誰も確認しようとは言いださない。

あの時見た文字を必死に思い出そうと、考え込んでいる。

それほどに、このノートは不気味だったから。

皆考えているようだけど、私は読めてしまったから。


「……ミシナンネ。確かそう見えたんだけど」

私がそう言うと、皆納得したように顔を見合わせた。

「それだ。〝ミシナンネ〟だ」

「何？　ミシナンネって。どういう意味なのそれ」

摩耶が当然《とうぜん》のように光星に尋ねたけれど、その答えはわかるはずがなかった。

歩きながら、光星はスマホを片手に頭を掻《か》いている。

〝ミシナンネ〟の意味を考えているのだろう。

いつの間に撮《と》ったのか、あのノートの一ページ目の写真とにらめっこしながら。

「光星は真面目《まじめ》だよな。わからないのが気持ち悪いからってよ。でもまあ頑張《がんば》ってくれよ。俺はそんな言葉の意味なんて考えたくもねぇから」

「俺だって考えたくはないんだぞ⁉　だけど、あの早瀬があんなになってまで書いていた言葉だ。それに……皆〝アレ〟を感じたんだ。〝アレ〟が何だったのか、海琉は説明できるのか？」

「……知らねぇよ。確かに隣にいたのに、顔を上げたらいなくなってたんだからな。まさか、昼から幽霊《ゆうれい》でも見たって言うのか？　バカバカしい」

海琉は、きっと不安を紛《まぎ》らわせようと必死なんだろうな。

無理《むり》もないよね。

今まで、こんな不気味な経験《けいけん》なんて一度もしたことがないんだから。

それはきっと海琉だけではなくて、摩耶や光星もそう。

もちろん私もそうだ。

「ねえ、もう考えるのやめない？　私、この件《けん》には関わりたくないよ。だって怖いじゃない」

私も摩耶の意見には賛成《さんせい》。

深く考えるということは、もしかしたら知らなくてもいいことにまで辿り着いてしまうかもしれないから。

だけど、この時私達は、既《すで》に知らなくてもいいことを知ってしまったことに、まだ気付いていなかった。

それから、私達は月菜の家に向かった。

お通夜の時間にはまだ早いけど、とりあえずこのノートを早く手放したかったから。

準備《じゅんび》で忙《いそが》しいと思うけれど、私は月菜の両親《りょうしん》とは面識《めんしき》があるし、邪魔《じゃま》にならない程《てい》度《ど》に渡《わた》せればと。

月菜の家、インターホンのスイッチを押《お》すと、月菜のお母さんらしき人の声が。

『はい……』

「あ、あの。月菜の友達の若葉です」

『若葉……ちゃん？』

そんな短いやり取りをすると、少しして玄関《げんかん》のドアが開いた。

ずっと泣いていたのか、目が真っ赤で、私の顔を見ると無理矢理《むりやり》作り笑顔《えがお》を向けてくれた。

「えっと……月菜のノートが机の中にあって、それを持ってきたんですけど……え？

あれ？」

慌ててバッグの中を確認するけど、入れたと思ったノートがない。

「あれって……若葉、お前まさか……」

海琉が、私が焦《あせ》っているのに気付いて、呆《あき》れたように尋ねた。

「が、学校に忘れたみたい……ごめんなさいおばさん！　すぐに取ってきます！」

お通夜の準備で忙しいはずなのに、無駄《むだ》な時間を使わせてしまったと、私の間抜《まぬ》けっぷりが嫌になる。

でもおかしいな……絶対《ぜったい》に入れたと思ったんだけど。

「若葉ちゃん……うぅん。いいのよ。それよりも上がってちょうだい。月菜にお別れを言いにきてくれたんでしょ？」

忙しいと思っていたから、お別れはお通夜の時にと思っていたけど、三人と相談《そうだん》して家に上げてもらうことにした。

お通夜の準備は月菜のお父さんや親戚《しんせき》の人達がやってくれているようで、月菜のお母さん——おばさんは留守番《るすばん》をしているとのことだった。

「月菜ちゃん。若葉ちゃん達が来てくれたわよ」

おばさんに案内《あんない》されたのは、一階《かい》の和室《わしつ》。

そこには、布団《ふとん》の中で眠《ねむ》る月菜の姿があった。

おかしくなってしまう前の、明るく優しかった月菜がそこにいるように感じて……

なぜだか私は安心した。

それは三人も同じだったようで、白い布が顔にかけられた月菜の横に座り、手を合わせた。

「この子、ここ数日寝てなかったのよ。何も食べずに、ずっと起きてたみたいで。それで、昨日《きのう》やっと眠ったと思ったら……うう……」

「ずっと……寝てなかったんですか？」

「え、ええ。何かを怖がってたみたいだったわ。それが、まさかこんなことになるなんて……」

おばさんを見ていると、どうして死んだのかとか、何に怖がっていたのかとか、聞けるような雰囲気じゃない。

悲しんでいるのに、それを思い出させるようなことを聞くのは、なんだか悪い気がしたから。

「あの……顔を見せてもらっても良いですか？」

最近の月菜の顔は怖かった。

何かに取り憑かれているようなその表情は、恐怖を感じたほどだった。

だから、おばさんが月菜の顔にかけられている白い布を取ろうとしている間、私は正直《しょうじき》怖かった。

見せてと言ったものの、見たいと思う反面、見たくないと思う気持ちもあって。

身体《からだ》を後《うし》ろに引っ張られるような、冷たい手で頬《ほお》を撫《な》でられているような。

そんな不気味な感覚の中で白い布がめくられたけれど……月菜の顔は綺麗で、穏《おだ》やかで。

それを見て、ホッと胸《むね》を撫で下ろした。

「綺麗な顔でしょ？　食べもせず、寝てもなかったから、やつれているけど」

確かに細くなったね。

何がどうなって、月菜はこうなってしまったのか。

「あ、おばさん。月菜の顔にホコリが……」

と、手を伸《の》ばそうとした時だった。

月菜の瞼《まぶた》が突然開き、不気味に睨《にら》みつけるような目が、ギョロッと辺《あた》りを見回すように動いて、私を見たのだ。

「ひっ‼」

思わず手を引っ込めて小さな悲鳴《ひめい》を上げた。

慌てて目をこすってもう一度見ると……当たり前だけど月菜は目を閉じていて。

私の目の錯覚《さっかく》だったのかなと思うしかなかった。

そんなことがあったから、私は早々《そうそう》に家から出ることにした。

「皆さん、来てくれてありがとうね。月菜もきっと、喜《よろこ》んでるわ」

玄関先でおばさんが涙《なみだ》ぐんで、小さく「うぅ」と声を漏《も》らしながら私達を見送ってくれた。

「い、いえ……お忙しいところお邪魔しました。また後で来させてもらいます」

そう言って、ペコリと頭を下げたと同時に、海琉が私の腕《うで》をバシッと叩いた。

「何よ」と、頭を上げて海琉のほうを見ると、顔面蒼白《がんめんそうはく》で顔が引きつっている。

「ちょっと何よ」

「バ、バカ、お前……前見ろ」

いつも強気《つよき》な海琉らしくなく珍《めずら》しく声が震《ふる》えていて、一体何だろうと思って前を向くと……奥の和室。

月菜が寝ていた部屋から、ガクンガクンと身体を揺《ゆ》らしながら、月菜が歩いてきていたのだ。

生き返ったとか、そういうのではないというのは雰囲気でわかる。

「お、おばさん……う、後ろ」

今までに感じたことのない強烈《きょうれつ》な悪寒と恐怖に包《つつ》まれながら、そう小さく呟く。

「え？　後ろ？」

おばさんは涙を拭《ぬぐ》いながら後ろを振り返るが、首を傾げて再び私のほうを向いた。

「何かあるかしら？」

そんなやり取りをしている間にも、月菜はゆっくりとこちらに近づいてきていて、

私達は後ずさりしながら玄関を出ていた。

慌てて月菜の家を飛びだし、皆我先に走りだす。

しばらく走って、立ち止まった海琉は私達を見て怒鳴《どな》りつけた。

「な、なんだよありゃあ‼　ありえねぇだろ！　早瀬は！　早瀬は……死んだんじゃなかったのかよ」

声がどんどん小さくなっていくのがわかる。

「海琉も見たでしょ。絶対に死んでたよ！　でも、月菜のお母さんには見えてなかったみたいだし。私達にだけ見えてたってこと⁉　ありえないんだけど！」

摩耶も恐怖を感じているのか、顔を歪《ゆが》ませて必死に首を横に振っている。

私も……怖くて、声すら出せない。

何かを言えば、もしかしたら月菜が追いかけてくるんじゃないかとか、もっと悪いことが起こるんじゃないかとか考えてしまっている。

「お、落ち着け！　考えることを止めるな！　事象《じしょう》の全《すべ》てには、必ず原因があるはずだ！」

なんて言っても、光星自身もパニックになっているようで、ただ冷静《れいせい》を装《よそお》っているだけだというのがわかる。

「お前はアホか⁉　何が原因で早瀬が動きだすんだよ！　俺達にしか見えてねぇって、絶対に幽霊だぞあれ！」

「落ち着けって言ってるだろ海琉‼　原因なんてひとつしかないだろ……俺達四人が同時に早瀬の幽霊を見たんだ。俺達四人がしたことなんてひとつしか考えられない」

それは、あのノートのことを言っているのだろう。

「わ、私はバッグに入れたよ？　だけど入ってなかったの。どこかに落とすなんて絶対にありえないし」

私は必死になって説明した。

「それはもうどうでもいいよ。原因は、あのノートを見てしまったことに間違いないだろうからな。それよりも、早瀬を見た時に、あの言葉の意味がなんとなくわかったんだよ」

あの言葉……〝ミシナンネ〟って言葉の意味？

この状況では、それ以外考えられないだろうな。

「き、聞きたくないけど……知らないのも怖い気がするし。もったいぶらずに教えてよ」

もう、何がなんだかわからないといった様子で、頭を抱えて摩耶が呟いた。

「早瀬のお母さんが言うには、早瀬は何かを恐《おそ》れて眠っていなかったって言っていただろ。眠っていなかったのに学校に来て、授業中も居眠りすらしていなかった」

「そりゃすげぇよな。俺なんて一限目《いちげん》から眠くなるぜ？」

確かに海琉は、いつも机に突っ伏して眠っているような印象《いんしょう》しかないから。

「お前の話はどうでもいい。つまり、鬼気迫る表情でノートに何かを書き続けていた。少しでも刺激《しげき》を与えて、眠らないようにするためにだ。人間、ずっと起きていられるもんじゃない。それこそ、寝ないでいると人格《じんかく》が壊《こわ》れてしまう可能性《かのうせい》だってあるんだ」

光星が冷静に分析《ぶんせき》する。

そう考えると、月菜が何日も眠っていなかったから、あんなふうにおかしくなったということ？

わからなくもない話だけど。

「じゃあ、早瀬は何を恐れていたのか。それはノートの一ページ目に書いてあっただろ。知ってはならない言葉を知れば夢を見る。夢の中に現れる白い物を見てはならない。目を逸らしてはならない、捕まってはならない。きっと早瀬は、この『白い物』を恐れて寝ることができなかったんだ。見るといずれ死ぬ。寝るのが難しい……つまり〝見死難寝〟。それがあそこに書いてあった〝ミシナンネ〟なんじゃないか？」

あんな怖い出来事《できごと》があったっていうのに、光星はよくそこまで考えられるものだ。

いや、怖いから、何かを考えてないといられないのかな。

「じゃあ何かよ。早瀬は夢に現れた何かに殺《ころ》されたとでも言うのかよ。見たら死ぬ夢なんて初《はじ》めて聞いたぜ。都市伝説《としでんせつ》の〝猿夢《さるゆめ》〟でもあるまいし」

「なにぃっ⁉ だったらお前は、他に何か俺を納得させられる説明ができるんだろうな⁉ 都市伝説は信じて、今自分の身に起こってることは信じないのかお前は‼」

ふたりがこうなると、もう誰にも止められない。

どうしたものかと摩耶を見ると、摩耶も私に何か言いたそうにしていた。

「どうしたの摩耶？」

「えっと、若葉は気付いたかなって……」

月菜が目を開けて私を睨んだとか、歩きだした他に、何に気付いたというのだろうか。

「ほら、月菜が動いてたでしょ？ あの時ね、月菜の足とか首に、人の顔のようなものがあったような気がするんだ。若葉が見てないって言うなら、それは私の気のせいかもしれないんだけどさ」

そこまでは……気付かなかったなあ。

もう、月菜が動いていたこと自体《じたい》が恐怖で、足とか首とかを見る余裕《よゆう》がなかったから。

「き、きっと気のせいだよ……もう、これ以上怖くなることを考えるのはやめよう？」

「そ、そうだよね。でもさ……月菜のお通夜、どうする？　行くの？」

そう言われると……あんなことがあったばかりだし、行くのは怖い。

でも、ひとりで家にいて、万《まん》が一《いち》月菜がやってきたらと思うと……それも怖かった。

「行かなきゃ、何か悪いことが起こりそうな気がするんだ。もっと怖いことが……」

「だよね。私もなんとなくそんな気がするよ」

私と摩耶がそんな話をしている横で、海琉と光星はまだ口論《こうろん》を続けていた。

皆、恐怖心を誤魔化《ごまか》そうと必死になっていることはわかる。

私だって、こういう時は何も考えずに眠りたいのに。

なぜか眠ってはいけないという感覚《かんかく》があった。

その後、私の家が近いからと、私の家で時間を潰《つぶ》してお通夜の時間になった。

お通夜をやるという、駅の近くにあるセレモニーホールに行くと、高校や中学校の同級生《どうきゅうせい》が集まっていて。

皆、泣いたり落ち込んだりしていたけど、私達四人は昼間の出来事があったから、月菜が動きだきないかと怖くてたまらなかった。

だけど、このお通夜の時は何も起こらなくて。

お通夜が終わって、皆家に帰ることになった。

「何かあった時は、連絡をとろう」と確認しあって。

家に帰ると、お父さんとお母さん、そして弟の紅葉《こうよう》が食事をしていた。

友達が亡くなって、私が落ち込んでいるだろうと気を遣《つか》ってくれているのがわかる。

料理を出してくれて、「残念《ざんねん》だったわね」と一言。

うん、普通《ふつう》ならそう言われるんだろうけど、今回はちょっとわけが違う。

確かに、月菜が死んだのは悲しいけど……それ以上の恐怖を思い出して、私はブルッと身震いをした。

「明日はお葬式でしょ。今日は早くお風呂《ふろ》に入って寝なさい」

「うん……そうする」

交《か》わした会話はそれだけ。

怖くて不安で、胸がドキドキしているのがわかる。

何もかも投げだして、頭から布団をかぶって眠ってしまいたい。

それくらいしか、考えられなかった。

食事を終え、お風呂に入り、パジャマで部屋のベッドの上で寝転《ころ》んで。

スマホを見ると、メッセージアプリに通知《つうち》があって、それを見てみると昼の話の続きが話されていた。

『ところで、知ってはならない言葉ってなんだったの？　やっぱり〝ミシナンネ〟って言葉？』

『多分そうじゃないか？　他にはわからないし、それを知ってしまったら〝シロイユメ〟を見るんだろうな』

『本当に見ちゃったらどうすればいいのよ。やだよ？　月菜みたいになるなんてさ』

……正直、夜にこの手の話を読むのは嫌だな。

無視《むし》してもいいけど、もう既読《きどく》をつけちゃったし。

でも何より、万が一、光星が言うように〝シロイユメ〟を見たらと思うと、話に参《さん》加《か》したほうが良いのかなと思った。

『私も、こういうことってバカバカしいって思ってたけど、あんなの見ちゃったら、本当にあるかもって思っちゃうよ』

そう入力して送信する。

『そうだよな。でも、もしも〝シロイユメ〟を見ても、出口があるみたいだから、そこまで行けばいいだけだ。簡単《かんたん》なことさ』

そう言われると、ノートの一ページ目にそんなことが書かれていたような気がする。

そう考えると……少しだけ気が楽になった。

しばらくしてウトウトし始めた私は、スマホを枕元《まくら》に置いて、部屋の照明《しょうめい》を消そうとリモコンを手に取った。

「……電気を消すのは怖いな」

真っ暗にすると、どうしても月菜がそこまで来ているんじゃないかなと思ってしまって。

リモコンを枕元に置いて、私は目を閉じた。

何も起こりませんように。

明るいままで眠れるかなと思ったけれど、恐怖と疲労《ひろう》、そして大きな不安が眠気を誘《さそ》って。

私は、変な汗《あせ》をかきながらも、眠りについた。


「おい、若葉。起きろ！　おいって！」

誰かの声が聞こえる。

でも、ふわふわしたような感覚に包まれてて。

目を開けると、そこには海琉、光星、そして摩耶が私を覗き込んでいたのだ。

「わ、わっ！　何！　皆なんで私の部屋に！」

「おいおい、ここがお前の部屋かよ？　ここはどう見ても……」

海琉が顔を上げて辺りを見回す。

私も起き上がって辺りを確認すると……ここは？

どこかの学校の教室みたいだけど、廃墟《はいきょ》といった感じで、かろうじてそれがわかる程度だった。

そして、かすかに聴こえるのは……ピアノの音？

「もしかしてこれって……」

「多分な。摩耶が思っているように、〝シロイユメ〟を見てるんじゃないか？」

「はは……私の夢なのに、皆いるんだね。ひとりじゃないのは良かったけど」

皆、いかにも〝もう寝ます〟といった格好《かっこう》で、摩耶と私なんかパジャマ姿で少し恥《は》ずかしいな。

「何をバカなことを言ってるんだ。これが〝シロイユメ〟なら、出口を探《さが》さないとだろ。それと、白い物は絶対に見るんじゃないぞ」

でも本当に、夢の中でも皆がいてくれるのは安心するな。

夢特有《とくゆう》の現実的《げんじつてき》じゃない感覚があるし、これは夢なんだってわかる。

「それにしてもなんなの、このピアノの音。頭の中に響《ひび》いてるみたいで、なんか気持ち悪いよ……」

「まあ、こんなボロい学校でピアノなんて弾《ひ》いてるやつがいるわけないよな。だからこれは夢だ。間違いねぇ。夢なら夢で、さっさと行こうぜ」

摩耶が怖がっているのに、海琉は強がって部屋から出ようとする。

「ま、待ってよ、海琉！」

さっさと移動を開始する海琉を追うように、私達も移動を始めた。

部屋から出ると、天井《てんじょう》が崩《くず》れ落ちて、床《ゆか》に破片《はへん》が散乱《さんらん》している廊下《ろうか》。
この部屋は一番端《はし》の教室のようで、この長い通路《つうろ》を歩かなければならないのか。
廊下の途中にも通路があって、結構《けっこう》広い学校なんだなということがわかる。
どことなく、うちの学校に似《に》てはいるけど、なんだか違うような気がする。
「さて、出口と言えば普通は一階の玄関だな。ダメもとで行ってみよう」
何もわからない状況で、光星に反論する人は誰もいなかった。
ここは何階だろうと、廊下の窓から外を見てみる。
真っ暗でわからないかもしれないけど、ぼんやりとでもわかればと思ったから。
でも……さすがは夢と言うべきか。
外を見ても何も見えなくて、ただ暗闇《くらやみ》が広がっているばかり。
割《わ》れたガラスと相《あい》まって、外に吸いだされそうな雰囲気さえあった。
それに、床に散乱しているガラスや、落ちた天井を踏《ふ》んでも痛みは感じない。
そんなことを考えながら廊下を歩き、階段《かいだん》までやってきた。
上りと下りがあるけど、そこは当然下り。
「うわ……ここも天井が崩れてる。足元に気をつけてね」

先を行く摩耶が、恐る恐る階段を下りていく。

確かに、場所によっては歩きにくくて、確認しながら歩かないと足を滑《すべ》らせてしまいそうだ。

それでもなんとか転ぶことなく歩いて、下の階にやってきた。

「玄関ってどこにあるんだろうね。それに、このピアノの音……」

移動したはずなのに、大きくも小さくもならず、まるで頭の中に直接《ちょくせつ》聴こえているかのような不気味さ。

それは、『どこから聴こえているのか』なんて考えるのすら無意味《むいみ》に思える音だった。

「思ったよりでかい学校みたいだからな。でも、ここが一階みたいだし、もうすぐ出口に着くだろ」

光星のその言葉は、不安になる私に安心感を与えてくれた。

少し歩いて、玄関を見つけることができた。

ホッとひと安心して、ドアまで移動した私達は、真っ先に駆《か》け寄《よ》ってドアノブに手をかけた海琉を見て……落胆《らくたん》することになった。

「……ダメだ、開かねぇ。というかビクともしねぇ。ここから出るのは無理だろうな」

「そうか。じゃあ別の出口を探すしかないな。〝白い夢〟には、〝目が覚める場所〟があるらしいから、それを探そう」

光星が冷静に提案《ていあん》する。

「は？　じゃあ何かよ。出られないとわかってて、ここに連れてきたってのか？　だったら真っ先にその出口を探しにいくべきだったんじゃねぇのか⁉」

ドアノブから手を離《はな》し、光星に歩《あゆ》み寄り、文句を言いながら肩を押す。

「どこが出口なのかはわからない、念《ねん》のためだろ！　ここだってその出口だったかもしれないんだ！　それに、これがまだ〝白い夢〟だと決まったわけじゃない！　ひとつひとつ確認はすべきだろ！」

夢の中でもふたりは変わらないんだな。

私の夢の中でもお構《かま》いなしに喧嘩《けんか》を始めるなんてさ。

「けっ！　夢の中でも理屈《りくつ》くせぇやつだぜ！」

と、海琉が吐《は》き捨《す》てるように言った時だった。

摩耶が不思議そうに辺りを見回していることに気付いたのは。

「摩耶？　どうしたの？」

「何だか……静かじゃない？　ほら、さっきまで聴こえていたピアノの音が……聴こえなくなった」

そう言われれば……大きくもなく、小さくもないピアノの音だったから、ふたりの口論で聴こえなくなったことに気付かなかった。

「本当だね。さっきまで聴こえてたのに……」

そもそもこの音が一体何を意味しているのか、全《まった》くわからないんだけど。

「そんなもん、ただのBGMだろ。時間を無駄にしたからな。さっさと出口を探そうぜ」

そう言って、海琉が廊下のほうに戻っていく。

「あ、ちょっと待ってよ……」

慌てて、海琉の後を追って、一緒に廊下に戻った時だった。

視界《しかい》の右側……廊下の奥。

それに海琉も気付いたはずで。

カタカタと、出来《でき》の悪いぜんまい仕掛《じか》けの人形のように不気味に動くそれに。

ゆっくりと視線をそれに向けると……。

「ひっ！　ひぃやぁあああぁぁぁぁっ!!」

私はそれを見て、腰《こし》を抜かしてその場に座り込んでしまった。

「う、うおおおおおおおおっ⁉　な、なんだこいつ!!」

海琉も声を上げ、「それ」を見たのだというのがわかる。

真っ白な手、足、そして顔。

セーラー服を着ているようで、余計《よけい》に白さが際《きわ》立つ。

それが、恐ろしく醜悪《しゅうあく》な笑顔を浮かべていたから、今までに感じたこともないような恐怖が、私を襲《おそ》ったのだ。

ニヤリと笑っているけど、口はカタカタと小さく動いている。

怖い……今すぐにでも逃げだしたいのに、怖すぎて目を逸らすことができない！

「あ、ああ……」

私と海琉の悲鳴で、光星と摩耶が何事《なにごと》かと駆け寄ってきて。

「な、なんだいきなり大声を……う、うわあああああっ!!」

「きゃあああああっ‼」

ふたりとも、その〝白い物〟を見て悲鳴を上げた。

「お、おいおいおいおいおいおい‼　なんだよこいつは！　どうすりゃいいんだよこれ‼」

いつもは強がっている海琉でさえ、恐怖のせいか動けないでいるみたいで。

ただ声を上げることしかできないようだった。

「あ、あわわわわ……な、なんだと言われても……もしかしてこれが〝白い物〟なのか」

そうだとしたら、もうどうすれば良いかわからない。

確か、〝白い物〟を見たら目を逸らしてはならない。

混乱《こんらん》する頭で、なんとか必死に考えて。

その意味を、今の状況になってようやく理解した。

「も、も、もしかして……ずっと目を見てたら動かないんじゃ……」

「だ、だとしたら、どうすればいいんだよ！　捕まっちゃいけない！　でも、出口を探さないとならないんだぞ！」

白い物は、それを知ってか知らずか、私達をニタニタしながら見ている。

相変わらず口はカタカタと動いていて、目はキョロキョロと動いて。

見れば見るほど気持ち悪くて、目を逸らしてはいけないという思いはあるのに、見たくないと思わせる表情だった。

そして、私が思わず目を逸らした時だった。

「フヒヒヒヒヒヒヒッ！」

という小さな笑い声のような音を吐きだし、私達に物凄《すご》い速度《そくど》で迫ったのだ。

「うわわわわわっ‼ ストップ！ ストップ‼」

私が目を逸らしたタイミングで、全員が偶然《ぐうぜん》この白い物の目を見ていなかったのだろう。

さっきまで、五メートルほど離れた場所にいたのに、今はもう目と鼻の先……手を伸ばせば届きそうなほど近くにいた。

そして、白い物のだらりと下がっていた手が、私達を掴《つか》もうとするかのように上げられたのだ。

「ひ、ひいいいっ‼」

その手が、今にも私に触れそうになって、慌ててお尻《しり》を床につけたまま後退《こうたい》する。

「マジでどうすんだこれ‼　出口を探すどころじゃねぇぞ‼」

海琉の言う通りだ。

この不気味な白い物から目を逸らした瞬間、物凄い速度で近づかれる。

目を逸らさずに出口を探すなんて、できるはずがないよ！

目を逸らさずに後退しても、白い物が見えなくなった途端に追いかけてくる。

あの速度だから、とてもじゃないけど逃げられない。

考えれば考えるほど絶望《ぜつぼう》的な状況に、心臓《しんぞう》がより一層《いっそう》大きく音を立て始める。

呼吸は荒《あら》くなり、喉《のど》が渇《かわ》く。

これは夢だ、これは夢なんだと言い聞かせても、目の前の白い物の存在感は、脳が夢だと理解してくれなかった。

手足はガタガタと震え、逃げるにしても立ち上がれないほどだ。

「よ、よし……このまま後退するぞ。いいか？　目を逸らすなよ？　俺達の誰かひとりでも見ていれば、捕まることはないんだからな！」

「ちょ、ちょっと待って、光星！　わ、私、腰が抜けて足に力が……」

皆、既に私よりも後ろにいるのに、今さらに後退されたら私だけ置き去りにされちゃう。

「ったく！　しっかりしろよ！　ほら、立てるか⁉」

そう言って、後ろから抱え上げてくれたのは海琉。

グイッと身体を持ち上げられ、なんとか立つことはできたけれど……足がガクガク震えて歩けるかどうか。

それに、海琉だって手が震えている。

「よし、いいな？　そこの角を曲がるぞ？　それまでは決して目を逸らすなよ！」

光星の言う通りに、ゆっくりと後退を始める。

白い物から徐々《じょじょ》に離れて、廊下が交差《こうさ》する場所まで下がることができた。

「このまま、左に移動するぞ。ゆっくりだ、ゆっくりだぞ‼」

「わかってるよ、うるせぇな‼」

こんな状況で、どうすればいいかわからない私は、海琉に支《ささ》えられながら、白い物から目を離さないように移動する。

大丈夫、大丈夫だ。

こうして目さえ逸らさなければ、白い物は動かないから。

絶望するほどの恐怖の中でも、唯一《ゆいいつ》の救《すく》い。

それでも、あの不気味な顔をずっと見続けるのはかなり怖いんだけど。

などと考えていた時だった。

「摩耶！　来いっ‼」

「えっ⁉　こ、光星⁉」

左から聞こえた光星と摩耶の声。

一瞬何が起こったのかわからなかった。

「あ、あいつ！　俺達を見捨てて逃げやがった‼」

状況を把握《はあく》しようと、左のほうを向くと……光星が摩耶の手を引っ張って、廊下の奥へと走っていくのが見えた。

そしてその瞬間、私は、白い物から目を逸らしてしまったことに気付く。

慌てて視線を戻そうとしたけれど、それはもう遅かった。

白い物の手が、私と海琉を掴む。

歪んだ笑顔を私達に向け、カタカタと口を動かしたまま、それを私達に近づけてきたのだ。

「い、いやああああああああああっ！」

悲鳴を上げた瞬間、白い物が私の首に食らいついた。

夢なのに、全身を駆け巡《めぐ》るような激《はげ》しい痛み。

肉が裂《さ》かれ、骨《ほね》が砕《くだ》ける痛みが、永遠《えいえん》かと思えるほどの時間、私を襲って。

突然、落ちるような感覚に包まれて、私の目の前は真っ暗になった。

ほんの一瞬、何か声が聞こえたような気がしたけど、私には何と言っていたのかわからなかった。

夢と現実

「かはっ！　はぁ……はぁ……な、何？　夢？」

あまりの息苦しさに目を覚ました私は、ベッドの上にいた。

部屋は照明が点《つ》いたままだったけど、それがなくても明るいとわかる。

ああ、朝になったんだと、布団をめくって起きようとしたけど……汗が凄い。

もう、このままシャワーでも浴《あ》びたんじゃないかと思うくらいにびっしょりだ。

「あんな夢を見たら、そりゃあこうなるよね。それにしても怖い夢だったな」

夢の中に現れた〝白い物〟。

あの顔を思い出すだけでも、怖くてブルッと身震いをしてしまう。

スマホを見ると朝七時。

セットしたアラームが鳴る十五分前だけど、もう少し寝ようなんてとても思えなかった。

万が一、もう一度あんな夢を見てしまったら。

そう考えると、眠い目をこすりながらベッドから足を下ろして立ち上がった。

「いたっ！」

足の裏《うら》に感じる痛みに、思わずベッドに腰を下ろす。

画鋲《がびょう》でも踏んだかなと、足の裏を見てみると……細《こま》かな切り傷《きず》がおびただしい数付いていたのだ。

特に深い傷はないけれど、痛みを感じる程度の傷がいくつか。

でも、こんな傷、いつ付いたのかがわからない。

全く心当たりがなかったのだから。

寝汗がひどかったから、軽くシャワーを浴びて制服《せいふく》に着替《きが》える。

鏡《かがみ》を見ながら、髪《かみ》を整《ととの》えていると……あれ？　首に何か付いてる？

シャワーを浴びたばかりなのに何だろう。

「黒い……えっ⁉　何これ！　人の……顔？」

そう見える首のアザのような物を触《さわ》っても、腫《は》れていたりするわけじゃない。

ただ、苦しそうな顔のような痕《あと》が付いていたのだ。

不気味に感じながらも、鏡に映《うつ》る私を見ていると……背後《はいご》のドアがゆっくりと開き始めるのが目に入った。

そして、わずかに開いたドアの隙間《すきま》から、真っ白な手がドアを掴むようにして現れた。

「ひっ‼」

慌てて振り返って、ドアを見ると……ドアは閉まったまま。

ゾクッと、肌を撫でられるような悪寒に包まれながら、私はドアを開けた。

でも、そこには誰もいなくて。

ホッと安堵《あんど》したものの、今のは何だったのか。

あんな夢を見てしまったから、まだ怖いと感じているのかな。

「白い夢……か。あんなノートを見たから、怖い夢を見たんだね。はぁ……やっぱり見るんじゃなかったな」

そう思うしかなかった。

ミシナンネ。

それが知ってはならない言葉で、白い夢を見たなんて考えたくなかったから。

今日は月菜のお葬式があるけれど、その前に一度ノートを取りに学校に行かなければならない。

学校から会場は近いから、取りにいっても間に合うはずだと考え、家を出た。

まあ、それだけじゃないんだけどね。

あんな夢を見たし、怖い思いをしたから、なるべくひとりではいたくなかったから。

「いたた……本当に、足の裏なんていつ切ったんだろ」

それほど大きな傷ではないものの、歩くとチクチク痛む。

寝ている間に、どうして足の裏なんかを。

もしかして、夢の中で裸足《はだし》でガラスの上を歩いたから？

……まさかね。

夢の中で怪我《けが》をしたからって、現実でも怪我をしてたら、私は何回死んでいるかわからないよ。

包丁《ほうちょう》で刺《さ》されたり、銃《じゅう》で撃《う》たれたり、車を運転《うんてん》していて交通事故《こうつうじこ》に遭《あ》ったりする夢は今までに何度も見たことがあるから。

それに、あんな夢を見たのもきっと、怖い怖いと思い続けていたから、本当にそんな夢を見たんだろうな。

私って、印象に残ったことが夢に現れやすいから。

……月菜のお葬式があるのに。

悲しいはずなのに。

なんだか怖くて、悲しむどころじゃなくなってきた。

また、月菜が歩きだしたらどうしよう……なんて考えていた。

学校に到着して教室に入ると、いつもの半分以下の人しかいない。

多くの人が直接お葬式に行くために学校には来てないんだろうな。

私の席のほうを見ると、海琉が難しい顔で何か考え事をしているみたいで。

「おはよ、海琉。どうしたの？　そんな顔して」

自分の席に近づき、机の中を見ながらそう尋ねた。

「おう。いやな……ひでぇ夢を見てよ。まあ、夢だからいいんだけど」

「海琉っていつもそうだよね。良い夢を見たら一日機嫌《きげん》がいいのに、嫌な夢を見ると朝から機嫌が悪いんだから。まあ、あんなことがあったからね。私も怖い夢を見たし」

そう言いながらノートを探すけれど……おかしいな。

机に入っているはずのノートが見当たらない。

ここにないとなると、やっぱりバッグに入れたと思うのに。

「さすがにアレは……ビビったからな。死んだはずの早瀬が動くとかよ」

「そうだよね……って、ノートがないんだけど。やっぱり私、バッグに入れたんだよ」

頭を上げて、海琉を見ると……右目の辺りに黒いシミがある。

それは、私の首にある物と似ていて、人の顔に見えたのだ。

「ね、ねぇ海琉。その黒いの……何？」

「いや、何かわからねぇんだけど、洗っても取れないんだよな。それに、誰も気付いてねぇみたいなんだぜ？　こんなにわかりやすいのによ。あ、それと、寝て起きたら、足の裏とか切り傷だらけなんだけどよ、なんでだ？」

なんだろう、この不安は。

私は首、海琉は右目の辺り。

同じような人の顔があるなんて。

そして、足の裏の切り傷。

「そ、それってさ、これと同じじゃない？」

そう言って上を向き、首のアザのようなものを海琉に見せる。

「お前もかよ……なんなんだこりゃ。まさか、早瀬の呪《のろ》いとか言わねぇだろうな」

「怖いこと言うのやめてよ！　どうして月菜が私達を呪うのよ」

　そこまで言ったけれど、昨日動きだした月菜のことを思い返すと、絶対にありえない……なんてとても言えないよ。

　あのノートを見てから、おかしなことばかり起こるのだから。

「俺も本気で思ってるわけじゃねぇよ。それよりノートがないって言ってたよな？　あるんじゃねぇの？　そこに」

　不機嫌そうに首を横に振り、月菜の机を指さしてみせた。

　月菜の机？

　私の机の中に入れてたのに、なんでそんな所にあるって思ってるのよ。

　そう思いながらも月菜の机に近づき、中を覗き込んで見ると……。

　あった。

　どうしてここに戻っているのかわからないけれど、本当にあった。

　少し不気味に感じながらもノートを取り出すと、表紙には『早瀬月菜』と書かれている。

「名前……じゃあ、バッグに入れたと思ってたけど、本当は入ってなくて、床に落としてたのかな」

その後、ノートを拾《ひろ》ったクラスの誰かが机の中に戻したって考えると辻褄が合うな。

「ほら見たことか！　若葉が忘れてたんじゃねぇかよ」

「うぅ……ごめん」

今度は忘れないように、海琉が見ている前でしっかりとバッグの中にノートを入れた。

そんなことをしていると、光星が教室の中にやってきて。

「よう、どうだった？　ノートはあったか？」

いつもと変わらない様子で、そう声をかけてきたのだ。

「ああ、うん。月菜の机に入ってた。今度は間違いなくバッグに入れたから、大丈夫だよ」

と、私のバッグをポンッと叩いてみせると、光星は驚いたように私と海琉を見た。

「お、お前らどうしたんだ……そのアザ。なんだか……」

「人の顔みたいだってか？　言われなくたってわかってるっての！　うるせぇな！」

私と海琉とは違って、光星にはそれがないように見える。

となると……ノートを見たからってわけではないのかな。

「朝からなんで怒ってるんだよ。相変わらず理不尽《りふじん》なやつだな。それより若葉、早瀬のノートに書いてあった〝白い夢〟だけどな、あれはもしかして本当かもしれないぞ？」

光星にそう言われて、私はドキッとした。

もしかして、昨日の夢がそうだったのかな……なんて、思わなかったわけじゃない。

でも、信じてしまうと怖いから、なるべくただの夢だと思うようにしていたのに。

「ど、どうしてそう思うの？」

「あ、ああ。昨日俺はひどい夢を見たんだよ。古い……どこかの廃墟になった学校みたいだった」

私が尋ねると、光星は少し戸惑《とまど》いを見せたけれど、ポツリポツリと話し始めた。

と、同時に、海琉の表情が険《けわ》しくなる。

「そこで、俺はお前達と一緒にいて、学校から出るために玄関に向かったんだけど、そこでヤツに出会ったんだ。〝白い物〟にさ」

それって……私が見た夢と同じ？

でも、その続きって確か……。

「気をつけろよ。〝白い物〟は目を逸らしたら襲ってくるからな。夢の中で、若葉と海琉はヤツに噛《か》みつかれて……。俺は、摩耶と一緒に出口を探して、俺は出口を見つけることができたけど、そこで目が覚めたから、摩耶はどうなったかわから……」

そこまで光星が言った時だった。

海琉が立ち上がったと同時に、拳《こぶし》が私の前を通り過ぎて、光星の頬にめり込んだのだ。

ゴツッと鈍《にぶ》い音が聞こえて、光星が床に倒《たお》れ込む。

「ぐはっ！　か、海琉テメェッ！　一体何しやがるんだ‼」

突然の出来事に、クラスメイト達がざわめく。

「ムカつくじゃねぇかよ。俺は夢だと思ってたから、お前が逃げてもまぁ仕方《しかた》ねぇって思ってたのによ。俺もお前と同じ夢を見たんだよ！　お前に裏切《うらぎ》られて、俺と若葉はやられたんだよ‼」

「は、はぁ⁉　あれは俺が見た夢だ。だから俺は……いや、同じ夢を、何人も同時に見るはずがないだろ‼」

「そう思うなら細かく説明してやろうか？　廃校舎の二階の端から始まって、ガラスや天井が落ちてる廊下を歩いて玄関に向かったんだ。お前が行こうって言ったからな！　どうだ、違うなら言ってみろ！」

海琉の言葉に、光星は驚いたまま。

反論ができずにただ呆然《ぼうぜん》と私達を見ていた。

「海琉！　やめようよ！　私も同じ夢を見たけど、誰だって夢だと思うよ！　私達を裏切ったわけじゃなくて、逃げるのに必死だったんだよ……光星も」

本当に不思議……と言うよりは不気味ささえ感じる。

私が見た夢は、私だけが見ている夢じゃなくて、海琉も光星も。

だとすると摩耶も同じ夢を見たに違いない。

ひとつの夢を皆で共有《きょうゆう》している。

そんなことは初めてだったし、ふたりが言わなければきっと、私だけが見た夢だったと思っていただろうから。

「けっ！　今後二度と同じ夢を見ないことを期待《きたい》するぜ。まあ、俺も俺だけの夢だと思ってたからな。今の一発でチャラにしてやる」

　考えてみれば本当におかしな話だ。

　自分の夢に、他の人が出てくるのはよくあることだけど、その人達は私の脳が生みだした人達で。

　つまり、ゲームで言うと「村人」と変わらないと思っていたのに。

　昨日見た夢は、皆自分の意思《いし》があって、ひとつの夢を全員が見ているなんて。

「くっ……相変わらず勝手なやつだ。殴《なぐ》られた俺の身にもなってみろ！」

　そんな状況で、初めて見る夢の中。

　誰が光星の行動を責《せ》めることができるだろう。

　自分が見ている夢だとわかっている中で、何をしたとしてもそれは自分の自由のはずで。

　それが原因で殴られることになるなんて、誰にも予想できないはずだよ。

「……若葉も、俺を恨《うら》んでるのか？」

　頬をさすりながら、不安そうな目を私に向ける光星。

「恨みなんてしないよ。だって、私も夢だって思ってたし。何より、皆が同じ夢を見てるなんて思わなかったからさ。光星は悪くないよ」

そう言って、ポンッと肩を叩くと、光星は安堵したような吐息《といき》を漏らした。

しばらくして、摩耶がやってきた。

摩耶は……左の太腿《ふともも》に例《れい》のアザのようなもの。

話を聞くと、やはりあの夢を見たらしく、光星がいなくなった後、あれに追いつかれて左の太腿に噛みつかれたという。

四人が四人、全く同じ夢を見て、出口から出ることができたのは光星だけ。

これが意味するのはひとつ。

ノートに書かれた「白い夢」を、私達が見ているのだということを意味していた。

「てことは何か？　俺達は四人であの言葉を知ったから、四人で同じ夢を見てるけどよ。早瀬はひとりであの夢を見てたのか？」

「た、多分そうだよね。でも、あの白い物は見続けてないと動くじゃない？　私達は四人でいたから、誰かが見てれば大丈夫だけど……」

海琉と摩耶の言葉を理解した瞬間、月菜にとってどれほど辛《つら》かったかがわかった。

もしも白い物に見つかったら、誰の助けも得られずに、ただジッと見続けなければならない。

そのまま後退したとしても、視線が遮《さえぎ》られた瞬間、恐ろしい速度で迫ってくる。

延々《えんえん》とそれを繰り返して、出口に辿り着かなければならないのだ。

言葉にすれば簡単に思えるけど、あの白い物は……ジッと見続けると頭がおかしくなりそうな恐怖心を植えつけてくるから。

「寝れば白い物に食い殺される、だから眠りたくない。眠らないために、何かをし続ける。早瀬だと、ノートにずっとあの文字を書いていたのはそのためだ。そして、何日も寝ていないと精神《せいしん》がおかしくなる……」

昨日も聞いたけど、光星のその言葉は、まさに月菜の行動そのままだった。

私達は四人だけど、もしかすると私達も同じようになるんじゃないかと、不安が襲う。

「ねえ、あんまり言いたくなかったんだけど、こんなことになったら言ってもいいよね」

伏し目がちに、摩耶がそう呟いた。

「なんでも言っちまえよ。今更《いまさら》何言われても何か変わるわけでもねえし」

「う、うん。そうだよね。あのさ、このアザ……月菜の首に付いてたのと、同じものだと思うんだよね」

その言葉に、さすがに驚きはしなかったけれど、言い知れぬ気持ち悪さを感じてしまった。

それは、月菜の姿が私達の未来の姿だと言われているようだったから。

「バ、バカバカしい！　俺達もああなるってか⁉　夢で殺されて本当に死ぬかっつーの！　俺は死なねぇぞ、絶対にな」

「でも海琉。夢の中で死ぬ時感じたでしょ？　あの痛みと苦しみをまた感じるかもしれないんだよ？　死んだほうがマシだって思うくらいの苦痛を」

そう摩耶に言われて、私まで何も言えなくなってしまった。

「後さ、ずっと考えてたんだけど、あの言葉……〝ミシナンネ〟ってさ、光星は〝見ると死ぬ、寝るのが難しい〟だから〝見死難寝〟って言ってたでしょ？」

「ああ。知ってはならない言葉だな。本当は意味なんてないかもしれない。あれは〝白い夢〟を見るための呪文《じゅもん》みたいな物だろうから」

確かに言葉の意味なんてわからない。

光星が〝見死難寝〟って言ったから、なるほどと思う程度だったけど。

「あれさ、並《なら》べ替えると〝ミンナシネ《皆死ね》〟になるんだけど……これって偶然なのかな」

その摩耶の言葉に、何者かに頬を撫でられたような、ゾワッとした感覚があった。

光星も海琉も、何か思うところがあったのか、ジッと摩耶を見詰《みつ》める。

「つ、つまり、知ってはならない言葉は、見た人全員死んでしまえっていう呪いの言葉だってこと？　私達、そんな言葉を知ってしまったの？」

「ぐ、偶然だろ。お前ら怖い怖いって思ってるから、なんでもないことを無意味に怖く感じるんだよ！　並べ替えて別の物になるなんて他にもあるだろ？　俺の名前の海琉だって、イルカになるじゃねぇか。たいした意味なんてねぇよ」

海琉が必死に否定《ひてい》しようとするけど、既に月菜と同じ運命を辿り始めていた私達は、その言葉を気のせいだと捉《とら》えられなくなっていた。

しばらくして、私達はクラスメイトよりも早めに学校を出た。

昨日、お通夜をやったセレモニーホールに向かってはいるけど、私達の空気は重い。

白い夢、知ってはならない言葉、そしてその意味。

私達に悪いことばかりで、暗くなるなと言うほうが無理だ。

それに、今向かっているのは……月菜のお葬式会場。

「ほ、本当にお葬式に行かなきゃダメかな……これ以上怖いのはもう嫌なんだけど」

「バカ言うなよ。行かなかったら、それこそ早瀬に呪われそうだ。行っても呪われそうな気がするけどな」

「何それ。結局何をしても呪われるかもしれないってこと？」

呪われる……か。

少し前なら、そんなものは存在しない、ただの言葉だって思っていたのに。

今ではそれは実在すると思っている。

この、人の顔に見える黒いアザもそうだけど、私達にしか見えない月菜もまた、その呪いのひとつなのだと思うから。

「でも行くしかないだろ。いくら俺達がこんな目に遭ってると言っても、クラスの皆が行くんだ。俺達だけ行かないってわけにはいかない」

「そうだよね……はぁ」

気付けば、光星と摩耶、私と海琉が並んで歩いていた。

少し違和感《いわかん》を覚えたけど、この時は特に何も感じてはいなかった。

お葬式会場のセレモニーホール。

まだ式が始まるには時間があって、受付にも人がいない。

「少し早く着きすぎちまったな」

「でも、そのほうがノートを渡せるから。やっぱり、ずっと持っていたくはないからさ」

式場の中に入り、辺りを見回す。

祭壇《さいだん》の所に、親族らしき人達が何人かいて、その中におじさんとおばさんの姿がある。

今ならノートを渡す時間があるかなと、バッグを開けてみると……あった。

今日は間違いなく入れていたし、ないはずがないけれど、ホッとひと安心。

それを取り出し、ホールに足を踏み入れた。

「えっ？」

途端に感じる不気味な空気。

まるで、色んな場所から人に見られているような不快感に襲われ、寒気さえする。

私がお葬式に慣れていないから、そういう雰囲気に弱いのかなと思ったけど……何かが違う。

「どうした若葉。早くノートを……」

立ち尽くしている私を不思議に思ったのか、海琉もホールの中に入ってきて気付いたみたいだ。

そして……。

カリッ。

カリッ……カリッ……。

カリカ

リカリカリカリカリカリカリカリカリカリカリカリカリカリカリカリカ
リカリカリカリカリカリカリカリカリカリカリカリカリカリカリカリカ
リカリカリカリカリカリカリカリカリカリカリカリカリカリカリカリカ
リカリカリカリカリカリカリカリカリカリカリカリカリカリカリカリカ
リ……リカリカリカリカリカリカリカリカリカリカリカリカリカリカリカ
リ。リカリカリカリカリカリカリカリカリカリカリカリカリカリカリカ
リカリカリカリカリカリカリカリカリカリカリカリカリカリカリカ
リカリカリカリカリカリカリカリカリカリカリカリカリカリカリカ
リカリカリカリカリカリカリカリカリカリカリカリカリカリカリカ
リカリカリカリカリカリカリカリカリカリカリカリカリカリカリカ
リカリカリカリカリカリカリカリカリカリカリカリカリカリカリカ
リカリカリカリカリカリカリカリカリカリカリカリカリカリカリカ
リカリカリカリカリカリカリカリカリカリカリカリカリカリカリカ
リカリカリカリカリカリカリカリカリカリカリカリカリカリカリカ
リカリカリカリカリカリカリカリカリカリカリカリカリカリカリカ
リカリカリカリカリカリカリカリカリカリカリカリカリカリカリカ
リカリカリカリカリカリカリカリカリカリカリカリカリカリカリカ
リカリカリカリカリカリカリカリカリカリカリカリカリカリカリカ
リカリカリカリカリカリカリカリカリカリカリカリカリカリカリカ
リカリカリカリカリカリカリカリカリカリカリカリカリカリカリカ
リカリカリカリカリカリカリカリカリカリカリカリカリカリカリカ
リカリカリカリカリカリカリカリカリカリカリカリカリカリカリカ
リカリカリカリカリカリカリカリカリカリカリカリカリカリカリカ
リカリカリカリカリカリカリカリカリカリカリカリカリカリカ

祭壇から、何かを引っ掻くような音が聞こえて、私は小さな悲鳴を上げた。

海琉もそれを聞いたのだろう。

「うおっ！」という吐息混じりの声を上げて。

慌ててホールから出ると、その音は聞こえなくなった。

「え、ど、どうしたのふたりとも」

ホールの入り口にいた摩耶が、驚いたように問いかけてきた。

「わ、わからないけど……やっぱり何かおかしい」

あの音がなんなのか、近くにいたおじさんやおばさん達は聞こえなかったのか。

いや、これはきっと、私達にしか聞こえていないのだろう。

白い夢を見ている私達にしか。

「やべぇな。俺達は入らないほうがいいかもしれないぜ。気持ち悪くていられたもんじゃねぇよ」

「ふん、ずいぶん弱気だな。普段《ふだん》は強がっているくせに」

「あぁ？ 俺と若葉を犠牲《ぎせい》にして逃げだしたチキン野郎《やろう》に言われたくはねぇな！」

よせばいいのに、海琉と光星はこんな場所でも険悪《けんあく》な雰囲気。

「ふたりとも、場所を考えてよ！」

摩耶に叱責《しっせき》されて、バツが悪そうにふたりとも顔を背《そむ》ける。

それにしても、いつも言いあいはしているけど、今日はなんだか違うように思える。

目が笑っていないというか……いつもと違って冷たい。

「若葉ちゃん？」

そんなことを考えていると、背後から声をかけられた。

その声はおばさんで、騒《さわ》いでいる私達に気付いたのだろう。

振り返ると、昨日よりもまた少しやつれたような顔のおばさんが、私達を心配するような表情で見ていた。

「あ、えっと、昨日言ってたノートを持ってきたんですけど……」

そう言いながら、手に持っていたノートをおばさんに差しだした。

「そのために……こんな早く来てくれたの？　いつでも良かったのに」

「あ、いや……早く渡したかったから」

本当は、持っていたくないから持ってきたなんて言えない。

このノートさえなければ、私達は白い夢を見なくても済《す》んだのだから。

「ありがとうね、若葉ちゃん。あの子のノートか。ふふ、ちゃんと勉強してたのかしらね」

私からノートを受け取り、悲しそうな笑顔を浮かべながらノートを開こうとした。

その瞬間。

「……中は、見ないほうがいいっす。その、なんと言うか……早瀬がおかしくなってから書いてたやつなんで。中はとてもじゃねぇけど、見られたもんじゃないっすよ」

海琉がノートを押さえて、言葉を選びながらおばさんにそう言った。

私は……どうしてこうなる可能性を考えてなかったのだろう。

おばさんに渡せば、中を見ようとするなんて当たり前のことなのに。

おばさんも少し怪《あや》しんでいたものの、海琉があまりにも真剣《しんけん》な表情で見ているものだから。

「そう。わかったわ。じゃあ月菜に渡すわね。家に置いておけば見てしまうかもしれないし、お棺《かん》に入れて、月菜に持っていってもらいましょ。あの子だって、そんな時に書いた物なんて見られたくないでしょうから」

その言葉を聞いて、海琉がノートから手を離した。

おばさんはノートを胸に抱《だ》いて、「ありがとう」と言うと、祭壇にある月菜の棺《ひつぎ》へと歩いていった。

「これで、誰もノートを見ることはなくなったな。ひと仕事終わった気分だ」

「うん。後は……私達だけだね」

光星がホッとした表情を見せたけど、私達はこれからどうすればいいんだろう。

昨日は白い夢を見たけど、今日も見るのかな。

光星は出口を見つけたみたいだから、見るとしたら私と海琉と摩耶の三人なのかな。

もしもそうだとすると、出口を見つけるまでずっと続くのかな。

それを聞けるのは月菜しかいなかったけど、その月菜は祭壇の棺の中にいる。

私達は、何も知らないのに。

私達四人は、覚めることのない長い夢の中にいるような錯覚に包まれているようだった。

時間が経ち、お葬式が始まった。

ホールにはたくさんの人がいて、私達はホールには入らなかった。

人が多くて入れなかったからというのもあるけど、何より怖かったから。

お葬式では、あれ以上のことは何も起こらなくて。

出棺を見届けた私達は、会場を後にして近くのファミレスに向かった。

お腹《なか》が空《す》いたというのもあるけど、これからどうするべきかという話をするために。

「白い夢の内容は、『夢から覚める場所に辿り着け』『その場所は、人によって違う』ってのが最後の項目《こうもく》だ。つまり、そこに辿り着けば白い夢が終わる可能性があるってことだ」

「じゃあさ、辿り着けなかったら永遠に白い夢を見続けるってこと？　白い物に噛まれたら、夢でもすっごく痛いんだよ？　本当に死ぬのと同じくらい痛いし苦しいし。まあ、死んだことなんてないんだけど」

「嫌なら早く出口を見つけることだ。じゃなきゃ、早瀬のように眠るのが怖くなって、おかしくなって死んでしまうぞ」

ファミレスの窓際の席。

食事をしながら、本格的に白い夢の話をし始める。

「でもさ、月菜みたいにひとりになっちゃったらどうすれば良いのよ？　白い物を見ていれば襲われないけど、それだと動けないし」

光星と摩耶の会話に割り込み、私が思ったことを尋ねる。

仮《かり》に誰かがずっと白い物を引きつけていても、最後にはひとりになってしまうのだから。

「それは、早瀬がひとりで白い夢を見たのが最大の不幸としか言えないな。まあ、運が良ければ白い物に見つかる前に出口を探すことだってできただろうけど。早瀬は運がなかったってことだ」

「つまり、ひとりになったら白い物に見つかる前に出口を探せってこと？　運が悪かったら月菜みたいになっちゃうかもしれないんでしょ？」

「複数人でいる利点《りてん》を活《い》かすんだよ。もしも見つかってしまったら、誰かが白い物を見る。動きを止めている間に、他の人が出口を探して上手《うま》く白い物を誘導《ゆうどう》する。白い物を見ているやつが出口の前で動きを止めて時間を稼《かせ》げば……」

光星がそこまで言って、私と摩耶は顔を見合わせた。

白い物を見た人はろくに動けないと思っていたけど、それを利用して白い物を引きつけるのか。

「なるほど！　それだったら他の人は安全に出口を探せるね！　さすが光星、頭良い！」

「ちょっと待って、摩耶と光星は出口を見つけたかもしれないけど、結局出口ってどこだったの？　それに、出口を見つけたならどうして摩耶は出られなかったの？」

私が尋ねると、光星は首を傾げて。

「どこだろうな、あれは。廊下の間にある部屋に入ったら、白く光ってる物が浮かんでたんだよ。で、何だろうと思って触ってみたら……そこで目が覚めたんだ」

「そうそう。なんか気味が悪くて、光星に調べてもらったら、光星も光も消えちゃって。それで私はひとりになっちゃったんだよ」

白い光……か。

光星がそれに触って目が覚めたと言うのなら、それが出口で間違いなさそうだ。

「じゃあまず、その光を探さなきゃならないんだね」

「そういうことだな。でも、失敗《しっぱい》しても諦めるんじゃないぞ！　何度かやれば、絶対に白い夢から抜けだせるはずだ！」

光星は私達を応援《おうえん》してくれているようだけど、また白い夢を見るかもしれないと思うと気が滅入《めい》るんだよね。

そう考えて、ハァッと私がため息をついた瞬間。

「おうコラ、知ったようなこと言ってんじゃねぇぞ。テメェはあの苦痛を知らねぇだろうが。なんなら、今この場でその苦痛を味わわせてやろうか？　あ？」

テーブルをドンッと叩き、ステーキナイフを光星の首に押しつけた海琉。

まるで、本当に殺そうとしているような殺意《さつい》に満ちた目で、隣にいる光星を睨みつけていた。

「な、何をしてるんだ。それを下ろせよ。ステーキナイフでそんなことができるわけないだろ」

「あ？　じゃあ試《ため》してみるかよ？　俺はテメェが死ぬまで手を止めねぇぞ？」

誰がどう見てもまずい状況だというのがわかる。

海琉がそんなことをするとは思えないけれど、放っておくわけにはいかない。

「か、海琉！　何してるのよ！　それを下ろして！」

「こいつがなめてるからよ。失敗しても諦めるな？　何度も死ねって言ってんのかテメェは。真っ先に逃げだしたやつが、高みの見物《けんぶつ》決め込んでんじゃねぇぞ！　ムカつくんだよ！」

「海琉、いいから！　それを下ろして！　早く‼」

しばらく光星を睨みつけていたけれど、何度も私がそう言うと、舌打《した》ちをしてナイフをテーブルの上に置いた。

そして、ポケットから財布《さいふ》を出すと、千円札《さつ》を叩きつけて。

「ムカつくから帰るわ」

とだけ言って席を立ってしまったのだ。

私も摩耶も驚いたけど、一番驚いたのは光星だろう。

本当に殺されると思ったのか、目には涙を浮かべて、荒くなった呼吸を整えていた。

「な、なんなんだよ！　俺が出口を見つけたのは偶然だろ‼　なんで俺があんなことを言われなきゃならないんだよ！」

光星と海琉……どちらの言い分もわからなくはないから、どう声をかけていいかがわからない。

あの夢は、自分だけの夢だと思っていたから、どんな行動をしていてもそれは仕方がない。

だから私と海琉を犠牲にして逃げだした光星を責められない……ということで話はついたはず。

でも、その結果、恐ろしい苦痛を味わって、もう二度とあんなのはごめんだと思っていた私達に、『諦めるな』と言った光星の発言に、ムカついたという海琉の気持ちがわからないわけじゃない。

ナイフを首に当てるなんて、明らかにやりすぎではあるけれど。

「でもね、光星。白い物に噛まれると本当に苦しいんだよ。死の苦痛って言うのかな？　途中から、早く殺してって思うくらいに」

私がそう言うと、光星は首を横に振って。

「だからって！　諦めるのは違うだろ！　何度失敗しても、死ぬよりマシだ！　それくらいわかるだろ！」

「言いたいことはわかるよ！　でもね、光星はあの苦しみを味わってないじゃない！

あの苦しみを何度味わってでも諦めるな⁉　死ぬよりマシだ⁉　夢なのに本当に死ぬ

みたいな苦しみ味わうんだよ？　……何回もあの苦しみを味わうと思ったら、本当に死んでしまったほうが楽に思えたんじゃないの？　月菜は。だって、一回苦しむだけでいいんだから」

「そ、それは……そんなこと……」

私の剣幕《けんまく》に、光星が何も反論できなくなってしまった。

確かに、あの苦痛を味わっていない光星は、簡単に諦めるなとか言えるだろう。

白い夢から抜けだすための対策《たいさく》を考えてくれたけど、どこか他人事のように聞こえたから。

「私も帰る」

誰のせい……というわけではないことはわかっているつもりだったのに。

喧嘩をしても白い夢から抜けだせるわけじゃない。

協力《きょうりょく》しなければならないことくらいわかってるけど、白い物の恐怖がストレスになって、それが人に向いてしまう。

オロオロしている摩耶には悪いけど、これ以上光星に腹《はら》を立てたくないから。

海琉と同じようにお金を置いて、ファミレスから出た。

まだお昼過ぎ。

学校に戻れと先生には言われなかったし、このまま家に帰ってもいいんだけど。

寝てしまったら、白い夢を見そうで怖かった。

できれば、誰かと一緒にいて時間を潰したかったかな。

そう思いながら、なるべく人の多い所に行こうと、百貨店《ひゃっかてん》に向かった。

何を買うというわけでもなく、ただ、時間を潰すために。

そうして私はこの日は、夕方になるまで目的もなく街を歩いた。

そして、夜が訪れた。

私は家に帰って、家族と一緒に夕食を摂《と》る。

何も言わずに食事をする私を、皆「友達の葬式があったから悲しんでいるのだろう」とでも思ってくれたのか、無理に会話をしようとはしなかった。

食事を終えて、部屋に戻る前に、玄関からあまり使っていない靴《くつ》を一足《いっそく》持ってきた。

「ふぅ……気が滅入るなぁ。あんなこと、言わなきゃよかった」

時間が経つと、自分の言動に後悔してしまうということがあるから自己嫌悪《じこけんお》に陥《おちい》る。

他人事のように感じたけど、光星だって考えてくれたんだし、あんなに強く言わなくても良かったかな……なんて。

白い夢は見たくないから、寝ないという選択肢《せんたくし》もあるだろうけど……長い夜をどうやって過ごそう。

まだ早いと思いながらも、靴下と靴を履《は》き、夜に備《そな》える。

今日はパジャマではなく、動きやすい普段着《ふだんぎ》で眠ろうと決めていた。

「夢の中でもパジャマだったもんね。自分だけが見てる夢だと思ってたから何も思わなかったけど、今考えたらちょっと恥ずかしいよ」

きっとこうすれば、夢の中でも今の服装《ふくそう》のはず。

ガラスを踏んでも、足の裏を怪我することはないだろう。

今思えば、夢の中で怪我をしたから、起きた時に怪我をしていたんだ。

それが、白い夢なんだ。

「あのさ、光星怒ってた？　ちょっと言いすぎたかなって思って」

『若葉は大丈夫だよ。それよりも海琉のほうがまずいと思うよ？　ずっと文句言ってたもん』

「ああ、そうだよね。ナイフを押し当てられてたもんね」

摩耶と電話をしていて、時計を見ると二十二時。

寝るには早すぎるという時間ではないけど、寝たくないという思いが強かった。

『でも、海琉と若葉が怒る理由もわかるけどね。光星だけ、あの苦しみを味わってないわけだし』

摩耶も、少なからずそう思っていたのか。

私達四人はそれなりに仲が良くて、仲が悪くなることはないと思っていたけど……

その中で光星だけがあっさりと白い夢から抜けだして、私達は死の苦痛を味わった。

その時点で新しい共通点が生まれて、光星は違うと思うようになってしまったのかな。

同じ白い夢を見た仲間なのにさ。

『ふぁぁ……なんだか眠くなってきちゃった。ずっと起きてようかなって思ったけど、難しいね。もう寝ようか？』

「うん、そうだね。少し不安が和《やわ》らいだよ」

私も昼間、ずっと動き回っていたせいか、疲れて眠くなってきた。

寝てしまったら白い夢を見てしまうかもしれないけど、もしかしたら見ないかもしれないという淡《あわ》い希望はあった。

もしも白い夢を見ても、海琉と摩耶がいるから大丈夫。

なんて思いながら。

摩耶との通話を切り、靴を履いたまま布団の中に入って目を閉じた。

ふわっと、一瞬落ちるような感覚に包まれて……何かおかしいと感じた私が目を開けると、そこはもう例の廃校舎だった。

昨日とは、場所が違うみたいだけど……。

それに、近くにいるのは摩耶だけ？

「摩耶、ねえ！　摩耶！」

「……え？　ま、またあの夢なの？」

それほど期待はしていなかったということが、その話し方からもわかる。

摩耶は昨日と同じくパジャマ姿で。

私は……寝る前に着ていた服だった。

「若葉、いいな。私も靴が欲しいよ。夢の中では痛くないのに、起きたら怪我してるんだよね……って、もしかして靴を履《ほ》いて寝たの？」

「う、うん。もしかしたらって思ってさ」

なんて、話し込んでいる暇《ひま》はないんだけどね。

また聴こえるピアノの音。

ここが夢の中だと判断する材料《ざいりょう》のひとつ。

「出口を探そう。白い物に見つからないうちに」

「そうだね。早く出口を見つけて、こんな夢から抜けだしたいよ。でも……海琉はどうしたんだろ？　ここにいるのは私達だけ？」

「そういえば……そうだね。もしかして……まだ寝てないんじゃ」

この夢を見ないために、寝ないという選択肢もある。

でも、それだと白い夢を見ちゃった私達は、人数が少ない中で出口を探さなきゃならないってことだ。

だけど、いないものは仕方がない。

摩耶と一緒に、出口を探すために教室から廊下に出る。

「白い物……いないよね？」

「う、うん。この廊下にはいないみたいだけど」

あの白い物は、音もなく超高速で迫ってくるから、見るのが一瞬でも遅れてしまうと捕まってしまう。

見たくはないけど、見るなら早いほうが良い。

暗く、冷たい空気に包まれた廃校舎。

その中で響くピアノの音が、より不気味さを引き立てている。

「ねえ、もしかしたら、昨日光星が出口を見つけた部屋に、出口があるかもしれないから行ってみない？」

「それはいいんだけど……その部屋がどこにあるかわかる？」

昨日とは、夢が始まった場所が違う。

見慣れない校舎だし、どこにどんな部屋があるかなんて、私にはわからなかったから。

どうやらそれは、摩耶も同じだったようで。

辺りをキョロキョロと見回して、不安そうな表情を浮かべた。

「だよね。この校舎の構造《こうぞう》がわからないし、それを知ったほうが良いのかな。まあ、その前に出口を見つけられるのが良いんだけど」

「ど、どこなんだろ……」

そんなことを話しながら、廊下を半分ほど歩いた時だった。


「おい！」

突然かけられたその声に、私はビクッと身体を震わせた。

慌ててその声のほうを見ると……教室の窓際に、海琉が立っていたのだ。

驚いた……けど、私達だけじゃなかったという思いが安心感へと変わる。

「海琉！　私と若葉だけだったから、まだ寝てないのかと思っちゃった」

「バカ！　お前ら声がでかいんだよ！　静かにしろ！」

そう言われて、思わず口に手を当てた。

「それで、海琉はここで何をしてたの？　出口はなさそうだけど」

「ここがどこかわかんねぇからな。何かわかるかと思って、外を見てたんだけどよ。

真っ暗で何も見えねぇな」

そう。外を確認しようにも、深い闇が窓の外に広がっていて、自分が今何階にいるのかさえわからないのだ。

それは、昨日の夢で感じたことだ。

海琉がここにいたってことは、私達と寝る時間はあまり変わらなかったってことかな。

「私達、今から光星が出口を見つけた部屋に行こうかと思ってるんだけど」

と、そこまで言った時だった。

海琉が何かに気付いたように、廊下のほうを見て人差し指を口に当て、「シッ」と小さく呟いた。

「え、ど、どうしたの?」

「わからないのかよ。ピアノの音が……消えた」

そう言われれば……さっきまで聴こえていたピアノの音が聴こえない。

「お前ら隠《かく》れろ。廊下側の壁《かべ》に寄って、できるだけ低い姿勢《しせい》で」

途端に心臓が激しく動き始める。

この状況、私は知っている。

昨日もそうだった。

ピアノの音が消えた直後……白い物を見たから。

「そ、それで大丈夫なの⁉　逃げなくても平気⁉」

「知るかよ。でもこの状況で廊下に出るわけにはいかねぇだろ！」

海琉に促《うなが》されるままに、廊下側の壁に移動し、身を低く屈《かが》めて息を潜《ひそ》めた。

声が出ないように、口を手で押さえて。

本当にこれで大丈夫なのかな。

もしも見つかってしまったら、逃げる前に捕まってしまうんじゃないかと、不安で胸がはり裂けそうになる。

そして……それは現れた。

ピアノの音が聴こえなくなった静かな空間。

シャリ……シャリ……と、崩れた天井、そしてガラスを踏みしめる音。

小さく、何かを呟いているが聞き取れない声。

私達が知っている、素早く動くそれとは違う。

たださまよっているような、ゆっくりと動く白い物。

本当に、ここにいて大丈夫なの⁉

怖くて呼吸が荒くなる。

だけど、抑《おさ》えないと白い物に聞こえてしまいそうで。

あの死の苦しみだけは、絶対に味わいたくない！

白い物が、この教室の前に差しかかった。

「アア……アア……」

唸《うな》り声と言うよりは、喉を鳴らすような音を発している。

これが夢だからだろうか。

見たくないのに、白い物が何をしているかがわかってしまう。

不気味な笑顔でこの教室の中をジッと見詰め、何か気になることがあるのか、首を傾げる。

海琉、摩耶、そして私は、ほぼ寝転がっているような体勢で、白い物に見つからないようにと、壁に身体を押しつけて口を塞《ふさ》いでいた。

ほんのわずかな呼吸音、かすかな動きでさえ気取られてしまうような。

指先ひとつ動かせない、動かせば身体を切り刻《きざ》まれてしまいそうなほどの張り詰めた緊張《きんちょう》と恐怖。

早く行って、早くこの場からいなくなってと、たった一秒が永遠とも思える時間祈《いの》っていた。

だけど……。

ガタッ。

ガラスがなくなった窓枠《わく》。

そこに手を置いて、ゆっくりと教室内に、白い物の顔が侵入《しんにゅう》してきたのだ。

教室の中をじっくりと確認するように、醜悪な笑顔が私の直上《ちょくじょう》にある。

このまま下を向かれただけで見つけられてしまう！

生きた心地《ここち》がしない。

震えないで、震えないでと、自分に言い聞かせるように心の中で呟くけど、それで止まるほど軽い恐怖ではなかった。

徐々に白い物の顔が、私がいる下へと向いていく。

そして……。

もうダメだ……見つかってしまった。

そう、諦めそうになった時だった。

下を向く白い物が急に顔を上げて、廊下の奥のほうに顔を向けたのだ。

何が起こったのかはわからない。

白い物がしばらくそちらを見詰めた後、ゆっくりとその場所に向かって歩き始めた。

シャリ……シャリ……と音を立てて。

もしかして、助かったの？

もうダメだと諦めそうになって、私はまた死ぬんだと、頭がおかしくなりそうだったのに。

この場から白い物がいなくなっても、しばらく私達は動けないでいた。

かすかな物音でも立てれば、気付かれて引き返してくるんじゃないかという不安が消えなかったから。

そんな私達に、再びピアノの音が聴こえ始めた。

と、同時に、ぷはっと息を吐いて。

「た、助かった……もう、ダメかと思った……」

「ああ、ギリギリだったな。あの音がなけりゃ、誰かが殺《や》られててもおかしくなかったぜ」

安心したと同時に、身体中から大量に汗が噴《ふ》きだしていたのがわかった。

隠れるって言ったって、こんな所に横になってるだけでやり過ごせたのは奇跡《きせき》に近い。

いくら夢だからって、昨日の死の苦痛が鮮明《せんめい》に身体に残っていて、あの苦しみを二度は味わいたくないから。

「海琉、あの音って何？　そんな音聞こえた？」

摩耶の言う通り、私も聞こえなかったんだけど。

「なんだよ、聞こえなかったのか？　ガラスが割れるような音が聞こえたぜ？」

私は、早くどこかに行ってと祈り続けていたからか、そんな音がしていたことにさえ気付かなかったよ。

「それでよ、ガラスを踏むような音も聞こえたんだけど……どういうことだ？」

壁に背をつけた状態で立ち上がり、海琉が首を傾げて頭を掻いた。

その言葉を一瞬理解できなかったけれど、よく考えてみれば確かにおかしい。

「ちょっと待ってよ。この夢を見ているのは私達だけじゃないの？　だって、光星は出口を見つけたんでしょ？　あの言葉が書かれてるノートは、月菜のお棺の中に入れてもらったし……」

私達以外に、ガラスを踏むような音を立てる人がいるはずないのに。

「も、もしかしてさ。お棺の中のノートを、誰かが開いちゃったってこと……ないよね？」

摩耶が、私も考えていた可能性を口にした。

私達はホールの外にずっといたから、もしもお棺の中のノートを見た人がいたとしても、それに気付かなかった可能性がある。

つまり、何も知らない誰かが、この夢に迷《まよ》い込んだかもしれないのだ。

「そうだとしても、お前らとは協力はするけど、知りもしねぇやつを助ける義理《ぎり》なんてねぇからな。白い物を引きつけてくれるなら結構じゃねぇか。利用させてもらおうぜ」

「え⁉　でも、もしもあの一ページ目を見てない人だったらどうするの⁉　自分が何をさせられてるか、白い物をどうすればいいとか、何もわからないんだよ⁉」

「……こう言っちゃなんだけどよ。摩耶は名前も知らない、顔も見たこともない外国人が、世界のどこかで今死にそうだとして。そんなやつまで助けないといけないって思えるのか？」

それは論理《ろんり》の飛躍《ひやく》だと思うけど……それでも私は海琉に反論ができなかった。

その音を立てた人が誰であれ、私は見つかったら真っ先に殺される状況にあったから。

人でなしと思われるかもしれないけど、助かったと思いこそすれ、その人を助けないとはとても思えなかった。

「見えないところで、誰がどんな目に遭ってたとしても平気で見捨てられるのが人間だろ。気にすることはねぇよ。誰だってそうする」

「そう……なのかな。私にはわからないよ」

そういう考えさせられる話は、この場でしていても仕方がない。

いや……きっと私がそう思うのは、音を立てた人に対して罪悪感《ざいあく》を感じたくないからだろうな。

「とにかく、出口を探してから考えよう。この場所にいたくないよ」

私には、そう言うのが精一杯《せいいっぱい》なほど、余裕がなかった。

どうやら、海琉が気付いたように、ピアノの音が聴こえているうちは安全なようだ。

二度、白い物に遭遇《そうぐう》したけれど、その時にはピアノの音が聴こえていなかったから。

とはいえ、大きくも小さくもない、意識《いしき》しないと流れているのかさえ気付かなくなってしまうほどの音量《おんりょう》。

聴こえないのに、聴こえないことに気付かないことだってあるのだ。

「大体校舎の形がわかってきたぜ。そんなに複雑《ふくざつ》じゃねぇけど、うちの学校とは全然違うもんだな」

「海琉は余裕だね。私はそんなふうにはなれないよ」

誰かが、ガラスを踏んだ音で白い物に気付かれたと言うなら、私達がガラスを踏んでも気付かれてしまうかもしれない。

ここから離れたとはいえ、さっきまで近くにいたのだから尚更《なおさら》だ。

摩耶はうつむいて、口数も少ない。

優しい摩耶のことだ。

きっと、さっきの誰かを見捨ててしまったことが罪悪感となって重くのしかかっているのかもしれない。

「この階はあらかた調べたな。次は下に行こうぜ。気をつけろよ。この階にいないってことは、下にはいるかもしれないからな」

何が……なんて言わなくてもわかる。

だけど出口がこのフロアにないなら、下の階に行かなければならないから。

そこに、白い物がいたとしても。

ゆっくりと、なるべく音を立てないように階段を下りて、左右を見渡す。

「ここはT字になってるね。渡り廊下かな？　ここは」

左右ではなく、目の前に真っ直《す》ぐ延《の》びる廊下を指さしてみせると、何かに気付いたように摩耶が小さく声を上げた。

「あ、ここ……昨日、光星が出口を見つけた場所かもしれない。渡り廊下の途中に教室があったら、きっとそうだよ！」

それを聞いて、恐怖に支配《しはい》されていた心に、まるで光が射《さ》し込んだような感覚があった。

たとえ抜けだせるのがひとりだけでも、光星が言った、そこで誰かが白い物を引きつけることができれば……私達は他の出口を探すことができるのだから。

「よし、じゃあ行ってみようぜ。あったらラッキー、ダメで元々だ」

こういう時に、海琉がいると心強い。

ただ強がっているだけかもしれないけど、それが弱気になっている私達を引っ張ってくれるから。

足元に注意しながら進むと、摩耶が言う教室が本当にあった。

教室と言うよりは……ショーケースの残骸《ざんがい》のような物があるし、ドアがひとつしかない。

その大きさから、図書《としょ》室ではないかなと思える。

まあ、この部屋がなんでも私には関係がないんだけど。

レールから外《はず》れ、床に倒れているドアの上を歩いて室内に入る。

大きな棚《たな》が、床の上に折《お》り重なるように倒れていて、そこに入れられていたであろう本は一冊もない。

「で？　その出口ってのはどこにあったんだよ」

「え、えっと……部屋の奥がぼんやりと明るかったから、なんだろうと思ったんだけど……」

不安そうに、部屋の奥を指さした摩耶。

だけどそこは、ぼんやりと明るいどころか、暗闇に包まれていて。

私達の希望は、音を立てて砕け散《ち》ったような気さえした。

「なんにもないね……ごめん」

「まあ気にすんなって。言っただろ？　ダメで元々だってよ」

うつむいて、しゅんとする摩耶の頭に手を置いて、ポンポンと軽く叩いてみせた海琉。

こういう気遣いを光星にも見せられたら、喧嘩になることもなかったのに。

と、そんなことを考えていた時だった。

シャリ……。

部屋の窓側の奥。

暗くてよくわからないけれど、そこからガラスを踏むような音が聞こえて。

私達は慌ててその方向に視線を向けた。

白い物がいないと思って安心していた。

ここに出口があるかもしれないって。

それが、ピアノの音に意識を向けるのを忘れさせてしまったのかもしれない。

「お前ら、目を逸らすなよ……こんな場所で襲われたら、全員まとめてお陀仏《だぶつ》だぜ」

強がっていても、声が震えているのがわかる。

だけど……ピアノの音は聴こえている?

どういうこと?

もしかして、偶然ピアノの音が途切《とぎ》れた時に、白い物に襲われていたってことなの?

わからない。

考える余裕なんて全くない。

部屋の奥にいる何かは、その場にゆっくりと立ち上がり、フラフラした足取りでこちらに向かって歩いてくる。

「お、おいおいおい!　目を逸らしてねぇぞ!　なんで……」

「海琉、違う！　白い物じゃないよ！　あれは……人だよ」

私がそう感じた理由は単純《たんじゅん》なものだった。

ピアノの音が聴こえているというのも確かにあるけれど、それよりも誰かがわからないというのが一番の理由。

昨日見た白い物は、どこにいても……それこそ、暗くて見えないような場所にいても、肌の白さが浮き上がるように見えて、それが白い物だとわかるはずだから。

だとするとこの人は……やっぱり月菜のノートを見てしまった人？

それ以外は考えられない。

ゆっくりと、その人が私達の前まで歩いてきた。

そして、その顔がわかる場所まで近づいた時、私は目を見開いて言葉を失った。

「お、お前……なんでこんな所にいやがる！　わかるように説明しやがれ！　あぁ⁉

光星！」

顔を見るなり、海琉が距離《きょり》を詰めて光星の胸ぐらを掴んだ。

どうして光星が……。

昨日、出口を見つけて、白い夢から抜けだせたんじゃないの？

え？　何がなんだかわからない。

「そ、そんなの俺だって聞きたい。なんで……俺は出口を見つけて目を覚ました！　なのに、今日またここにいるんだよ！　おかしいだろ！　出口ってなんなんだよ！　白い夢ってなんなんだよ！」

光星本人でさえ、何が起こっているのかわからない様子で。

問い詰めても意味がないと判断したのか、手を離して顔を引きつらせた海琉。

「わ、若葉、これって……どういうことなの？　出口を見つけたら、白い夢から抜けだせるんだよね⁉　なのにどうして光星がいるの⁉」

皆パニック状態。

そんなの私にわかるはずがない。

出口を見つけさえすれば、この白い夢を見なくて済むんだとばかり思っていたから。

「う、うるせぇっ！　お前ら少し黙れよ！　ちくしょう……マジでどうなってやがんだ。いや、お前本当に光星か？　本物は今頃何事もなくぐっすり寝てて、俺達が見てる夢の中の光星じゃねぇだろうな？」

少しわかりにくいけど、海琉が言いたいことはわかる。

つまり、これは私達が見ている〝夢が作り上げた光星〟で、本当の光星は別の夢でも見てるんじゃないかってことだよね。

「そうであって欲しいさ！　俺だってこんな夢見たくない！　だけど、なぜだかわからないが見ているんだよ！」

状況の確認……と言うよりも、海琉が言う通り本物の光星であって欲しくなかった。

そうでなければ、出口を探す意味が見いだせなくなってしまうから。

たとえ出口を見つけたとしても、また眠れば同じ夢を見てしまうわけだから。

だとすると……考えたくないことが私の脳裏《のうり》をよぎった。

「ね、ねぇ……だったら、私達はどれくらいこの夢を見なきゃならないの？　いつまで見るの？　いつになったら……終わるの」

そこまで言って、思い浮かんだのは月菜の姿。

月菜はきっと、出口に辿り着けなかったわけじゃない。

光星と同じように、出口に辿り着いても再びこの悪夢《あくむ》を見せられて、終わることのない死から逃れるために……。

「そりゃあお前……死ぬまでだろ」

認めたくない。

だけど、状況がその答えを導《みちび》きだしている。

そう言わんばかりに、海琉の声は小さく、弱々しかった。

「なんだよそれ……ふざけるなよ。出口を見つけたって、また同じ夢を見るんじゃ意味がないじゃないか！　なんなんだよそれ！」

顔を歪ませて、やり場のない怒りをどこにぶつけるわけでもなく、光星が声を荒らげる。

私と摩耶の表情も暗い。

これから先、あの苦しみを、一体何度味わうことになるのか。

全くと言っていいほど先が見えなくなってしまったのだから。

でも、そんな中で海琉が口を開いた。

「じゃあ、意味がないって思うなら、お前が白い物を引きつけろよ。俺達が出口を探すまでな」

「な、なんでそうなる！」

「なんでじゃねぇだろ？　お前以外は全員1キルされてんだ。お前が一度も殺られてねぇのは不公平《ふこうへい》だろ。俺と若葉を裏切ったのによ。それにな、お前が無意味だって言った、一度でも殺されずに目覚める出口が欲しいんだよ、俺達は。あんな苦しいのは二度とごめんだからな」

冷たく言い放つ海琉に、私は……何も言えなかった。

誰かを犠牲にして助かりたいとか、そういう思いじゃない。

ただ、殺されずに目が覚めるなら、それにすがりたいという気持ちは確かにあったから。

何度もあんな苦痛を味わった未来が月菜なら……そうなることだけは避《さ》けたかった。

「待って……ピアノの音が消えた。白い物が近くにいるんじゃない⁉」

摩耶が耳に手を当てて、話を遮った。

「そりゃああんなに声を出してりゃ、バカでも気付くだろ。俺達はカウンターの裏に隠れるからな。お前は白い物を引きつけろ。わかったな？」

私と摩耶は、海琉に背中を押されて、ホコリをかぶったカウンターの内側へと移動した。

そして、なるべく入り口に近い場所で屈んで隠れる。

「ま、待てよ！　なんで俺だけ……」

光星も隠れようとしたのだろう。

だけど、それよりも早く、あの死の塊《かたまり》は姿を見せたのだ。

入り口から図書室の中に入り、ガクンガクンと両肩を上下に揺らし、光星目がけて凄《すさ》まじいスピードで迫る。

「う、うわああああああっ‼」

驚いても、目をつむることすらできない。

それはつまり、死に繋《つな》がるのだから。

光星が白い物を見る。

動きを止め、カタカタと小さく口を動かす白い物。

本当に、ここからは見えないはずなのに、今、どんな状況なのかが手に取るようにわかる。

「ひ、ひぃぃぃっ‼　お、俺を見るなよ！　気持ち悪い顔を向けるな‼」

光星が恐怖のあまり絶叫《ぜっきょう》する。見るだけで、まるで氷でも押しつけられているかのような悪寒が走る、不気味で恐ろしい顔。

それを、ジッと見続けなければならないだけでも、精神がガリガリと音を立てて削《けず》られているように思えるのだ。

だけど、私達にはどうすることもできない。

この部屋はドアがひとつしかなくて、ここに白い物が来たら逃げられないから。

さっさと離れれば良かったんだろうけど、光星がここにいたことに驚いて、状況を整理するのに時間がかかった。

誰かが犠牲になって、白い物の動きを止めなければ、あっという間に全員殺されてしまう。

だから海琉が、光星に白い物を引きつけろと言った時……申し訳ないけど私は何も反論ができなかった。

出口を見つけたところで、ずっとこの夢を見続けるという絶望に、死にたくないということしか考えられなかったから。

そんなことを考えていると、入り口側にいる海琉が私達を見て、廊下のほうを指さした。

これは、移動しろということなのかな。

今、白い物の場所は図書室に入って二メートルくらい？

ちょうど、私の後ろにいる摩耶の、カウンターを挟《はさ》んで向こう側くらいだ。

幸いこのカウンターの内側には天井が落ちていないから、歩きやすくなっている。

床を這《は》って、入り口側のカウンターの切れ目から海琉が飛びだし、廊下に出た。

私も海琉と同じように、音を立てないように前進して、カウンターの切れ目から廊下に飛びだした。

その時だった。

「おい！　後ろだ！　ほら、他にも人がいるんだぞ！　後ろを向けよ！」

光星が……私を指さして白い物にそう叫《さけ》んだのだ。

「さ、最低！」

思わず声が漏れた。

光星からすれば、白い物を押しつけた私達のほうが最低なんだろうけど、それでも言わずにはいられなかった。

その言葉で白い物は振り返るかと思ったけど……そうではなく、ピクリとも動かずに光星を見ているままで。

私はホッと胸を撫で下ろして廊下に出た。

摩耶もそれを見て、私に続く。

「お、おい！　お前ら！　俺を見捨てて行くな！　頼むから、頼むから戻ってきてくれ!!」

喉がはり裂けんばかりの悲痛《ひつう》な叫び。

心の中で「ごめん！」と何度も呟きながら、耳を塞いで海琉が走ったほうへと急いだ。

先ほど、この階に下りてきた階段が目の前にある。

T字になった廊下、そこに差しかかると……右のほうから足音が聞こえる。

摩耶を待って右に曲がると、足元に気をつけながら走った。

「ね、ねえ若葉。私、もうどうすればいいかわからないよ」

「それって光星のこと？　それとも……」

ずっと続く白い夢のこと？

頭の中ではそう思っていても、声に出すことはしたくなかった。

「……どっちも。今だって自分が助かるために、若葉に白い物を押しつけようとしたけど……でも、それは私達が先に光星に押しつけたからだし……ああもう、わからないよ」

考えることはいっぱいあるけど、今はとにかく出口に辿り着きたい。

白い物に捕まっちゃダメな状況で、ゆっくり考え事なんてできないから。

「ま、待て待て待てっ！　待てって！　ちょ……あ、あああああああぁぁぁっ‼」

後方から、光星の声と悲鳴が聞こえた。

白い物を見続けなければならない……でも、あの顔をずっと見続けるだけでも、かなり恐ろしくて、不安を感じてしまうから。

気持ち悪くなって、ほんの少しでも良いから目を逸らしたくなる。

それに抗《あらが》えなくなると、きっと目を逸らしてしまうだろう。

「どうしよう。光星が殺されたら、次は私達の所に来るかもしれないよ」

「う、うん……摩耶、こっち！」

海琉を探して移動して、T字に差しかかった私達。

どちらに進んでも追いつかれそうな気がしてしまう。

そんな私が気付いた、上と下に移動するための階段。

階下に下りる階段を指さして、私は摩耶の手を引っ張って階段を下りた。

急いで駆け下り、目の前に伸びる反対側の校舎に向かう廊下。

私達が最初に白い物を見た、玄関へとやってきたのだ。

どこに隠れても、白い物に見つかってしまいそう。

だから、どこに隠れたって同じだと思えた。

「下足箱《げそくばこ》の陰《かげ》に隠れよう。追いかけてこないならそれで良いんだけど」

隠れる場所としては心許《もと》ない場所だけど、早く隠れないと見つかってしまえば追いつかれてしまうから。

玄関のドア付近。

廊下から見ると下足箱の反対側に移動した私達は……その目の前にある物に、心臓がさらにドクンと高鳴ったのを感じた。

「あっ！」

と、摩耶が声を漏らして。

話には聞いていたけど、玄関の真ん中辺りに白く、ぼんやりと光る物があって。

それが〝目が覚める場所〟……出口だということが理解できた。

「摩耶、これってもしかして……」

「で、出口だよ。どうする？　どっちが先に出る？」

この状況で、遠慮《えんりょ》する人なんているだろうか。

摩耶も私をチラチラと見て。

隙あらば出口に触れようとしているのがわかる。

私だって出たいよ。

死にそうな痛みを何度も味わうなんて耐《た》えられないし。

だけど……目が覚めて摩耶と仲が悪くなったら、次にこの夢を見た時に、協力なんてできなくなるんじゃないかって。

そんな不安があって、私は考えた末に、「うん」と小さく呟いて頷いた。

「摩耶が使って良いよ。でも、私が他の出口を探すまで、白い物を引きつけてよね。危《あぶ》なくなったら出れば良いからさ」

「ほ、本当に良いの？　他の出口がどこにあるのかわからないのに」

「だから……引きつけてもらうんじゃない。それでいい？」

出口の前で白い物を引きつけて、他の人が出口を探すまでの時間を稼ぐ。
光星の提案だけど、これしか方法が思いつかないんだよね。
引きつける人には負担《ふたん》がかかるけど、それでも出口があるという安心感はあるはずだ。
「わ、わかった。任《まか》せて」
摩耶にそう言われて、こんな状況だけどほんの少し安心した。
そして……階段のほうから、あの足音が聞こえたのだ。
シャリ……シャリ……。
音が、こっちに近づいてくるのがわかる。
玄関の前の廊下に差しかかり、そこを真っ直ぐ横切ろうとしている足音だ。
私は下足箱に隠れ、摩耶が出口の前で白い物を待ち構える。
摩耶と離れていても、摩耶の緊張が伝わってくるようで。
心臓の音が聞こえそうなくらいだ。
いよいよその時がやってきたのだろう。

摩耶が小さく「ひっ！」と声を上げ、ついに白い物を見たのだと理解した。
心の中で「頼んだよ」と呟いて、私はそっと廊下に向かって移動を始めた。
なるべく音を立てないように。
ゆっくりと、ゆっくりと歩いて、廊下に到着したその時だった。

「フヒヒヒヒヒヒヒヒ‼ ヒャハハハハハッ！」

不気味でおぞましい笑い声が聞こえたのだ。
「ひいっ‼」
摩耶の悲鳴が、その笑い声に混じって聞こえた。
そしてその直後、「えっ⁉」という声も。
とにかくここから離れなきゃ。
出口を背にしている摩耶に、白い物を引きつけてもらっている間に。
耳を塞いで、急いで今下りてきた階段に向かって走った。
もうすぐ階段に辿り着ける。

そう思った時だった。

「え！ え！ 嘘《うそ》でしょ⁉ やだやだやだ‼ そんなのやだ‼ どうして……どうして‼ あああああああぁぁぁっ‼」

摩耶の声が……悲痛な叫び声が背後から聞こえた。

私は意味がわからなかった。

まだ私は全然移動していない。

いや、それはこの際《さい》どうでも良いとして。

摩耶の後ろに出口があったよね？

それなのに、どうして悲鳴を上げたの？

無理だと思ったら、すぐに出れば良いはずだよね？

いくつもの疑問が頭をよぎって。

階段の前で、ゾクリと強烈な悪寒を感じた私は、これはまずいと判断して振り返った瞬間。

大きく口を開けた白い物が、私の目の前にいて。

慌てて振り上げた腕に、その歯が食い込んだ。

途端に感じる、凄まじい激痛《げきつう》。

腕から全身へと、強烈な痛みが駆け巡る。

まるで、カミソリの刃《は》が血液《けつえき》に乗って流れているような、身体中が切り刻まれていると錯覚する痛み。

「あ、あああああああぁぁぁっ‼」

喉がはり裂けそうなくらい叫んで……。

どうしようもない恐怖と痛みに耐え切れずに。

至近《しきん》距離で白い物の笑う顔を見ながら、息もできない中で、私は徐々に目の前が暗くなっていった。

心臓が、自分の物じゃないと思うほど激しく動き、その都度《つど》全身がバラバラになりそう。

早く！　早く殺して！

こんなに苦しいのはもう嫌だ！

果《は》てしなく永《なが》く、終わりがわからない苦しみの中で、プツッと糸が切れるように、私は何も感じなくなった。

歩み寄る死神

一体何が起きたのだろう。

摩耶のあの声からすると、出口から出る前に殺されたのだということは容易に想像できる。

もしそうだとしたら……なぜ？

すぐにでも悪夢から目覚めることができたのに。

布団の中でぼんやりと目を開けて、そんなことを考えていた私は、白い物に噛まれた腕を、袖《そで》をめくり上げて見る。

付いてる……不気味な人の顔が。

最初に付いた首の顔よりも濃《こ》い黒。

これが、私達四人にしか見えないというのだから不思議なものだ。

二度死んだ……もう二度とあんな苦しみを味わいたくないと思っていたのに。

昨日のは、初日《しょにち》に味わったよりもさらに苦しくて、身体の内側から命を切り刻まれるような辛さだった。

朝が来たのは、窓の明るさからわかる。

悪夢《あくむ》から覚めたということは……また眠れば悪夢を見てしまうということ。

そして感じるお腹の気持ち悪さ。

あんな苦痛を味わったら、そりゃあ身体のどこかがおかしくなっても不思議じゃないよ。

そんなことを考えながら身体を起こしたけれど……なんだか、不調はそれだけではないような気がした。

頭がフラフラする。

まだ完全に目が覚めていないとか、そういう感じじゃない。

「おっとっと……何で。こんなにフラつくんだろう」

靴を脱《ぬ》ぎ、壁に手を付いて、なんとか歩く。

嘔吐《おうと》してしまいそうな、腹部《ふくぶ》の気持ち悪さが問題だよ。

お腹は空いているのに吐きそうなんだからたまらない。

そして目が疲れているというか……瞼が重い。

まるで、徹夜《てつや》した時の朝のような疲労感。

気を抜けばすぐにでも眠ってしまいそうだ。

「悪夢とはいえ、十分眠ったはずなのに」

昨日は大丈夫だったのに、今日はどうしてこんなに眠いのか。

体調不良で学校を休むという手もあるけど、家にいたら睡魔《すいま》に負けて眠ってしまいそうだ。

月菜も……こんな感じで学校に行かざるを得なかったんだろうな。

制服を持ったまま、シャワーを浴びようとお風呂場に向かう。

この眠気も、シャワーを浴びれば少しは覚めるかもしれないから。

「月菜がどうして学校に行ってたかわかるよ。私達の誰にも相談できなかった理由もさ……」

脱衣所《だついじょ》で服を脱ぎ、汗にまみれた身体を流すために浴室に入った。

私だって、他のクラスメイトにあの言葉を教えて、こんなことに巻き込もうなんてとても思えないから。

誰にも助けを求められないまま、月菜は苦しんで死んだんだ。

学校に行く準備を終えて、家を出た私は、太陽の光を浴びて目を細める。

そのまま瞼を閉じて、立ったまま眠ってしまいそうになる。

これじゃダメだと、必死に目を開けて歩くけれど、前を見るのがやっとで周囲《しゅうい》の確認すらおろそかになっている。

信号《しんごう》待ちをしていても、青になったとわかっても立ち止まったままだったり。

眠らないように、なんとか目を開けるのが精一杯の状態で、私は学校に到着した。

今日は金曜日……怖いのは、土日の学校がない日だ。

どうやって眠気を覚ませば良いんだろうと考えると、それだけで気が滅入る。

教室に入り、私の席の前で明らかにイラついている海琉に目をやる。

「おはよう……あれからどうしたの？　海琉の姿が見えなかったけど……」

「お前らこそどうしたんだよ。振り返ったらお前らいねぇし」

私を見ようともせずに、ただ一点をジッと見詰めて、組んだ足を小刻みに震わせている。

「海琉の足が速《はや》すぎるんだよ。廊下の角を曲がった時にはもういなかったし」

まあ、海琉はクラスでも一番足が速いから、普通に走れば私達より先に行くことは可能だと思うけどさ。

「そりゃあ悪かったな。それより若葉……なんで俺を睨んでるんだよ」

チラリと私を見て、フウッとため息をついたようにそう呟いた。

睨んでる？

ああ、少しでも気を抜くと眠ってしまいそうだから、目に力を入れているだけなんだけど。

「寝たはずなのに、全然眠気が取れなくて……」

「お前もかよ。俺もまるで徹夜明けみたいに眠いんだよな。まあ、俺はまだ大丈夫だけどよ」

確かに、足をずっと動かしてはいるけど、それ以外はなんだか落ち着いているように見える。

海琉も私と同じ状況か。

それでも、やっぱり眠気に対する強さとかはあるんだろうな。

普段は授業中寝てばかりなのに。

「で、若葉はどうだったんだよ。昨日は出口から出られたか？」

「んーん。ダメだった。ほら、これ見てよ」

制服の左袖をめくって、黒い人の顔を見せる。

「マジかよ。これ、一体何個付けられるんだ？」

恐らく、噛みつかれた場所にいくつでも付くんだろうけど……それを聞くってことは、もしかして。

「海琉は出口から出られたの？」

「ああ、校舎の中を動き回って、玄関にそれらしい物があったから触ったらよ、目が覚めたぜ。ビビったぜ。摩耶がとんでもねえ顔で死んでたからな」

あの後、海琉は玄関に行ったんだ。

だとすると……摩耶のあの悲鳴は。

ふたりで話をしていると、その摩耶が泣きだしそうな顔で教室に入ってきた。

額《ひたい》には人の顔の黒いアザ。

何かを言いたいんだろうなということは、表情を見ればわかる。

「ね、ねえ！　なんで⁉　なんで出られなかったの⁉　あんなの聞いてないよ！」

私と海琉の前に駆け寄り、突然大声を上げる摩耶。

あの悲鳴を聞いて、多分そうじゃないかと思ったけど、やっぱり出られなかったんだ。

危なくなったら逃げられる状態で、殺されるなんて、それくらいしか考えられないから。

「お前、出られなかったから死んでたのか。俺は出られたぜ？　玄関の出口だろ？」

海琉のその言葉で、摩耶の口調がさらに荒くなる。

「なんでなのよ！　私が出られなくて、どうして海琉も光星も出ることができたの⁉
そんな不公平ないよ！　一体どうやったのよ！　ねぇ！」

こんな摩耶は見たことがなかったから、海琉の肩を掴んで前後に揺すっている姿は、本当に摩耶かと思ってしまう。

「落ち着け！　落ち着けって‼　んなもん俺が知るかよ！　俺が何を知ってるって言うんだよ！」

「そうだよ摩耶。海琉に当たっても仕方ないよ」

摩耶も私も、結局殺されてしまって、死の苦しみを味わってしまった。

その二度味わった感覚は今も鮮明に、色あせることなく記憶《きおく》に残っている。

どうしてと怒る気持ちもわからなくはないけども。

「何よ……若葉だって、あの出口から私が出られないとわかってて、私に白い物を押しつけたんじゃないの⁉」

海琉に向けられていたイラ立ちが、私に向いた。

いつもは温厚《おんこう》な摩耶が、こんなことを口にするなんて。

「ち、違うよ！　何言ってるのよ！　私も知るわけないじゃない！　今、海琉に聞いて初めて知ったのに！」

「どうだか。じゃあ、どうして出口が目の前にあるのに私に譲《ゆず》ったわけ？　誰だってあんな悪夢から抜けだしたいと思うはずなのに」

「そんなの……摩耶と喧嘩をしたくなかったからに決まってるじゃない！　私達まで海琉と光星みたいになったらどうするのよ！」

本当にそう思って譲ったのに、結局喧嘩になるなら、私はどうすれば良かったわけ？

「お前ら、いい加減にしろ！　ほら、覚えてねぇのかよ？　ノートの一ページ目にあっただろ。出口はそれぞれ違う場所にあるみたいな文章がよ。もしかするとあれは、俺の出口だったんじゃねぇのか？」

そう言われてみれば、そんなことも書いてあったような気がする。

だから、摩耶が触れても出られなかったし、きっと私が触れたところで出られなかっただろう。

初日は、偶然光星が、自分の出口を見つけたということなのだろう。

「そんな……じゃあ、触ってみるまで誰の出口かわからないってこと⁉　こんなの、光星が言った方法なんて使えないじゃない……」

「そういうことだな。一か八かのギャンブルで、誰かが出口前で白い物を引きつけるか、見つからないように逃げて、自分の出口を探すかどっちかしかねぇよ」

それは、どうしようもない結論だった。

海琉が「出口前で」と言ったのは、それ以外の場所でも白い物を引きつけることはできるけど、それだと完全に身動きが取れなくなることを意味している。

逃げられる手段がある〝可能性〟の話で、それも四人いるなら四分の一の確率になる。

「……ご、ごめん。私はてっきり、騙《だま》されたかと思って。よく考えたらわかるはずだったのに。眠くて頭が働かなくて……」

「お前もかよ……全く。一体どうなってんだこりゃあ」

摩耶も徹夜明けのような眠気に襲われているのだろう。

私達はまだこうやって、白い夢のことを話せる相手がいるから眠気を誤魔化せるけれど、これがひとりきりだったらと思うと……月菜の絶望は計《はか》り知れない。

「イライラするのはわかるよ。でも、これで喧嘩になっちゃったら、私達は白い夢で協力なんてできなくなるよ」

「でも、このままだと私達、月菜みたいになっちゃうよ。もうあんな夢見たくない。どうやったら見ないで済むの？」

私の言葉に、眠そうな目をこすりながら尋ねた摩耶。

そんなの……眠らないようにするしか方法が思い浮かばない。

月菜がやっていたように、ノートに文字を書き続けるとか、海琉みたいに身体を動かし続けるとか。

「見ないで済むなら俺だって方法が知りたいぜ。なんだってあんな夢を俺達に見させるんだよ。何か意味があるのかよ」

「意味なんて……わからないよ。そもそも白い物なんて見たことも聞いたこともなかったし、あの廃校舎だって行ったことがないのに」

夢だからと言われればそれまでなんだけど、海琉が疑問に思うのも無理はない。

話していると、次に光星が教室に入ってきた。

その顔は、昨日のことを恨みに思っているのか、眉間《みけん》にシワを寄せて。

離れた場所でも私達を睨んでいるのがわかるくらいだった。

「おい、お前達……」

と、私達を指さしながら近づいてきたけど、ドンッと机に当たってしまったのだ。

その机は月菜の机で、花瓶《かびん》が倒れそうになって、慌てて花瓶を掴む。

その直後、私達の目の前で、ありえないことが起きたのだ。

光星が机に当たった衝撃《しょうげき》で、パサッという音と共に机の中から落ちた物。

「お、おい……な、なんでこれがここにあるんだよ」

光星の表情が、怒りから恐怖に移《うつ》り変わるのがハッキリとわかった。

海琉と摩耶はひとつ前の列《れつ》にいるからわからないかもしれない。

でも、私はそれが何かが見えてしまったのだ。

「そんな……あるはずがないじゃない！　これは、月菜と一緒に……」

床に落ちた物……それは、あのノートだった。

月菜のお棺に入れて、燃やされたはずなのに。

「だ、誰のイタズラだこれは‼　誰がこれを棺から取り出した！　名乗り出ろ‼」

慌ててそのノートを取り出して、光星は雑談《ざつだん》をするクラスメイトに怒鳴るようにして尋ねた。

だけど、誰も名乗り出ない。

むしろ、訝《いぶか》しげな表情で、「何言ってるんだこいつ」といった視線が光星に向けられたのだ。

「え、な、なんであのノートが」

「ちくしょう……呪われてるとでも言うのかよ」

摩耶と海琉の表情も変わった。

「誰だよ……いや、誰でもいいんだ。頼むからイタズラだって言ってくれよ」

力なくノートを下げて肩を落とし、消えそうな声で光星は小さく呟いた。

それはあまりに不気味な出来事だった。

考えてみれば、クラスメイトがわざわざお棺の中にあったノートを取って、机の中に入れるわけがない。

仮に、月菜の親族の人が、このノートを取り出したとしても、わざわざ学校の机の中に入れるなんてことをするはずがないのだから。

光星が来たら、昨日の夢の中で私を売ろうとしたこと、全然引きつけられなかったこと、言いたいことはたくさんあって、問い詰めてやろうと思ったけど……もうそれどころじゃない。

「お前ら、ちょっと来いよ」

戸惑っていた海琉が、何やら決意でも秘《ひ》めたような表情に変わり、私と摩耶に廊下を指さしてみせた。

「え？　もうすぐホームルームが……」

「んな状況じゃねえだろ！　光星、お前も来い。ノートを持ってこいよ」

うなだれる光星の肩を叩き、海琉は廊下に出た。

光星にも、私達に言いたいことのひとつやふたつはあっただろうけど、このノートが全ての感情を吹き飛ばしたと言うか。

言い知れぬ不安が、私達の感情を掻き消したようだった。

「どうする？　若葉」

「どうするったって、この眠気じゃ授業中に眠っちゃいそうだし。海琉が言う通り、まともに授業なんて受けられる状況じゃないよ」

私達は、光星を連れて廊下に出た。

昨晩《さくばん》と違って、海琉が階段の前で私達を待っていて、上を指さす。

一体どこに行くつもりだろうと、後をついていくと、二階の渡り廊下を通って別棟《べつむね》に。

私達普通科の教室とは別に、こちらには美術《びじゅつ》室や音楽室、パソコンルームなんかがある。

一階には校長室や職員《しょくいん》室なんかがあって、比較《ひかく》的静かな場所だ。

「どこまで行くつもりなの？」

「あ？　話の邪魔をされたくないだろ。誰も来ねぇ場所に行くんだよ」

確かにここは授業でもなければ、トイレ以外の目的で来る生徒はいないと思うけど。

そして、海琉に連れられてやってきたのは三階の、屋上《おくじょう》に出るドアの前。

そこの前に置かれていた机の上に腰を下ろして、見下ろすように私達を見た。

「ここで何をするつもりだ海琉」

「光星……お前、ずいぶんスッキリしてるよな。まあ、手を食われたのは、ソレを見ればわかるけどよ」

光星の左手には私達と同じような人の顔。

ハッとした表情を浮かべて、慌てて左手を触る。

でも、確かに海琉が言うように、光星は私達と違って眠そうな顔をしていない。

「なんの話だ。そういうお前はずいぶん眠そうな目をしてるな。いや……若葉も……摩耶も?」

私達の顔を見て、不思議そうに首を傾げる。

不思議なのはこっちだよ。

どうして私達は、寝ても眠気が全く取れてないのに、光星はこんなにもスッキリしているのか。

「寝たはずなのに、まるで一睡《いっすい》もしてないみたいに眠いんだよ。気を抜いたら、すぐにでも寝てしまいそうなくらいに」

摩耶がそう答えると、光星は自分が眠くない理由を考えようとしているのか、髪を掻き上げて目を細めた。

「俺とお前らの違い……俺は最初の日、出口から出た。殺されたのは昨日の夢が初めてだ。このアザが付いたのは」

そう言って額を人差し指でつついてみせた。

「それが原因かはわからねぇけどよ。俺達は眠くて頭が回らねぇ。眠くねぇなら、お前が考えるしかねぇ。呼んだのはそのためだ。お前が白い夢で何をしたかとか、ぶっちゃけもうどうでもいいわ。白い夢を見なくて済む方法を考えろよ。まあ、他にも考えることが増えたけどな」

なるほど、睡魔と戦うことに必死な私達が考えても、ちょっとした言葉ひとつで、イライラして喧嘩になってしまうかもしれない。

海琉と喧嘩をしているとはいえ、頭が回る光星が考えるほうが良いのは誰が見てもわかったから。

「俺が考える⁉　いや、まあ……お前らが眠くて頭が回らないなら、俺が考えるしかないか。でも、わかってるのか？　知ってはならない言葉を知って、見たくもない白い夢なんてものを見ている。回避策《かいひさく》があるならとっくにやっているし、今こんなに困っていないだろうってことを」

「小難しい話はいらねぇよ。じゃあどうすれば見られなくなるんだよ。さっさと考えろ」

「いや、だからそれができたら……くそっ！　寝ぼけてるのかよ」

眠すぎるとまともな会話すらできなくなる。

それをわかっているのだろう。

光星は出るはずのない答えを考えるという、無理難題《なんだい》を押しつけられたのだ。

「そんなのわかるはずがないだろ……そもそもこのノートだって、どうして早瀬の机に入っていたかわからない。いや待てよ？　これは本当に早瀬のノートなのか？」

ブツブツと独《ひと》り言を呟きながら、ノートの表紙をめくる。

だけど、その表情を見ると、答えを聞かなくてもわかった。

間違いなく、お棺に入れたノートだってことが。

「くそっ！　こんなノートがあるから！　白い夢だって⁉　何が白い夢だ！　これのせいで……ん？　シロイユメ？」

イライラし始めた光星はノートを見ながら何かに気付いたのか、首を傾げて一箇所《かしょ》を食い入るように見詰めた。

そして、さらに一ページをめくり、それを透《す》かして見たり指で触ってみたり。

「なんだよ、何かわかったのかよ」

「……たいしたことじゃないかもしれないけど、お前らはいつからあの夢を〝白い夢〟だって思ってた？」

突然何を言いだすかと思ったら。

そりゃあ、一ページ目に〝シロイユメ〟って書いてあったし、夢の中に白い物が出てくるし、おかしいことは何もないよね？

「だってほら、ここに〝シロイユメ〟って書いてあるし。それに、白い物が出るから白い夢なんじゃないの？」

摩耶が、私が考えていたことを言ってくれた。

海琉もうんうんと頷いて、皆が同じように思っていたのだとわかる。

「そうだな。白い物はまさに〝シロイユメ〟と呼ぶに相応《ふさわ》しい恐ろしさだ。確かにここにも書かれているな。〝シロイユメ〟って」

そう言って私達にノートの一ページ目を見せた光星。

「もったいぶるんじゃねぇよ。さっさと言えよ」

「じゃあ、二ページ目のここを見てくれ」

そしてページをめくる。

そこにはビッシリと〝ミシナンネ〟と言う文字が書かれていて、気持ち悪さを感じる。

「この〝ミ〟という文字だが、まるで〝三〟に見えるな。早瀬は強い筆圧《ひつあつ》でこするように文字を書いていた。それが一ページ目に裏写りして……〝シ〟に見えたんだ」

そう言われてみれば、目を近づけて見ると、確かにそこだけ微妙《びみょう》にインクが薄《うす》いし、紙の表面が盛《も》り上がってる。

「じゃ、じゃあこれって……〝シロイユメ〟じゃなくて……」

「そう、これは〝シロイユメ〟なんかじゃなくて、〝ノロイユメ《呪い夢》〟だ」

呪い……。

こんな異常な夢は、呪いと言われても不思議ではないけど、改めてそう言われるとゾワッと総毛《そうけ》立つくらいに恐ろしさを感じる。

「〝ノロイユメ〟かよ。てことは何か？　俺達は呪われてるってのか？」

私と摩耶は顔を見合わせて、その言葉の気味の悪さに顔を引きつらせているのに、海琉は「ははっ」と笑ってみせて。

まるで呪いなんて信じていないよう。

「でもさ、私達のこれって……やっぱり呪いなんじゃないかな」

自分の額を指さして、そのアザを海琉に見せる摩耶。

それを見て、各々《おのおの》が自分のアザに触れる。

「俺もそう思う。そして、これが呪いであるなら、その呪いの起源《きげん》となる物があるはずだ。まあ、それが〝物〟なのか〝想《おも》い〟なのかはわからないけどな」

今の話で、ほんの少し眠気が覚めたけれど、相変わらず頭が回らないのは変わらない。

そんな中でズバズバ結論を出してくれる光星の存在はありがたかった。

「起源になる物って……そのノートは違うのかよ？　棺桶《かんおけ》に入れて早瀬と一緒に火葬《かそう》したはずなのに、ここにあること自体が異常だぜ？」

「これは推測《すいそく》だが……このノートは恐らく違う。早瀬が呪われて、その呪いが伝播《でんぱ》した、言わば〝呪いのコピー品〟だと思う」

光星がどうしてそう思うのかなんて、頭がクリアな時でもわかりそうにないのに、今の状態だと全く理解できないよ。

摩耶も海琉も、どういうことかと首を傾げている。

「わかってなさそうだな。つまりだ、このノートは新しい物で、早瀬が使っていた他のノートと同じ物だった。俺も同じタイプのノートを使っているからよく覚えてる」

「人のノートまで覚えてるのかよ……なんだお前、早瀬も好きだったのか？」

「わけのわからない茶々《ちゃちゃ》を入れるんじゃない！　続きを言うぞ！　全く。でだ、このノートに〝ミシナンネ〟という文字を書きなぐってる早瀬を皆見ている。その時に早瀬が呪われていたとするなら、他に起源があるはずなんだ。でなければ、早瀬はなぜ呪われたか……という話になるからな」

うーん、なんとなくわかったような、まだわからないような。

眠気がひどいと何を聞いても理解できないから困るね。

「んー……よくわかんねえけどよ。つまりあれか？　俺達も、早瀬と同じように〝呪いのコピー品〟を作っちまうかもしれないってことか？」

きっと、海琉なりに感じたことを言ったのだろう。

だけどその言葉は、私達をハッとさせるには十分だった。

月菜が呪われて、眠らないように書きなぐったあの言葉。

私達は四人で集まって話をすることで眠気に耐えられているけど、月菜はひとりだった。

私達と同じように、たとえばここで時間を潰していても、ひとりでは眠気に負けてしまうかもしれない。

そこまで追い込まれた状態で作りだした〝呪いのコピー品〟。

きっと、そうなるとは思っていなかっただろうけど、私達も気をつけなければ、呪いを複製《ふくせい》してしまうかもしれないってことだよね。

「お、俺達はあの言葉を書かないようにしよう。書いてしまえば、万が一俺達に何かあった場合、周りに迷惑《めいわく》がかかってしまうからな……」

「な、何かって……何よ」

そんなの聞かなくてもわかってることなのに。

摩耶は、自分がそうなるとは考えたくないんだろうな。

「決まってるだろ……死だよ。あの言葉を見る人数が多ければ多いほど、広範囲《こうはんい》に呪いが伝播する。ネズミ算式にな」

無限《むげん》に連鎖《れんさ》する呪い……か。

これがまだノートで、私達の目にしか触れていないから被害《ひがい》は少なくて済んでいるけど、もしも……SNSなんかで発信してしまったら。

それは、瞬《またた》く間に世界中に広がってしまい、世界中が呪われてしまうってことなのかな。

「……わ、笑えねぇな。それで、その呪いの起源がわかったらどうなるんだ？　俺達は助かるのかよ」

「そんなの知るかよ。でも、何もせずに寝るたびに殺されたいのなら、このまま四人で集まって話をしていればいいんじゃないか？」

助かりたかったら、呪いの起源に近づけ……って言いたいんだろうな。

「は、はは……呪いのコピーでこんなにひどいなら、その起源ってどれだけひどいんだろうね」

摩耶の言葉に、答えられる人はいない。

皆、その恐ろしさを考えると、言葉にできないのだろう。

私がそうだから、皆もそうなのかなって。

そうして、しばらく沈黙が続いた。

誰かが何かを話し始めるのを待っているような状況で……その音は聴こえてきた。

「ん？　なんだ……この音は」

海琉にも聴こえたのか、辺りをキョロキョロと見回す。

どうやら私の空耳ではないようだ。

「ピアノの音……？　どこかで聴いたような……あっ！」

摩耶がそう言った時、私達は皆顔を上げて。

「こ、この曲は……夢の中で聴いた」

「そ、そうだよ！　間違いないよ！　でも、どうして夢でもないのに……」

光星も摩耶も、少し怯《おび》えた様子。

「何ビビってんだお前ら。この曲が聴こえるってことは、安全ってことだろ。行くぞ。これが呪いの起源かもしれねぇだろ」

呪いの起源だなんて。

話が飛躍しすぎていると普通なら思うだろうけど、今の働きが鈍った頭では、それすら考えられなくて。

海琉の後について、私は階段を下りた。

ピアノの音ということは、音楽室から聴こえているに違いない。

長い廊下の一番端。

つき当たりの両開きの扉の部屋が、音楽室だ。

「それにしてもなんつーか。夢の中で聴くより全然いい曲だな。じっくり聴く余裕がねぇってのもあるけどよ」

「海琉、お前にこういう曲の善《よ》し悪《あ》しがわかるのか？　意外だな」

「うるっせぇよ！」

でも、海琉が言いたいことはわかる気がする。

なんだか、荘厳《そうごん》な感じがするけどどこか物悲しいような……たとえるなら、大事なものが失われてしまった悲哀《ひあい》みたいな。

呪われている私達の心でさえ、綺麗に洗われるような美しい曲だった。

音楽室の前まで歩いて、海琉がゆっくりと扉を開ける。

授業をやっているわけではなくて、広い音楽室の中にいたのは、ピアノを弾いている男の先生がひとりだけ。

顔を隠すくらいに伸びた長い髪、鍵盤《けんばん》を弾く白い指。

私達は、その先生が奏《かな》でる美しい旋律《せんりつ》に心を奪《うば》われて。

入り口に固まって、ただ立ち尽くして先生を見ていた。

いつもなら、こんなに大人しく音楽を聴くことなんてなさそうな海琉でさえ、微笑《ほほえ》んでいるような表情で、この曲を奏でる先生を見ている。

本当に、心の隅々《すみずみ》まで染《し》みるような不思議な曲。

そんな中で、扉が閉まる、キィィッという金属《きんぞく》がこすれるような音が背後から聞こえた。

その瞬間、先生の指がピタリと止まり、ゆっくりとこちらのほうを見たのだ。

長い前髪が顔の右側を隠していて、左目で私達を見る。

「やべっ！　俺達が授業をサボってここにいることがバレちまった」

「い、行こうって言ったのはお前だろ！」

曲が途切れて、我に返った私達。

音楽室に入るまで、幽霊がピアノを弾いているかもしれないと思っていただけに、まさか男の先生が弾いているなんて思わなかったから、見つかってしまって混乱状態だ。

だけど……。

「えっと……キミ達は確か浜村先生のクラスの……。そこに座って。この曲が気に入ったなら聴いていくといい」

そう言って、怒るわけでもなく、机を指さして私達に笑いかけたのだ。

授業をサボっていたら怒られるのが当たり前だと思っていたのに、この先生は怒らない。

いや、それよりも気になるのは、どうしてこの先生がこの曲を弾いているのかということ。

「怒らないんすか？　俺達、どう見ても授業をサボってるってわかんのに」

「怒って追いだしても、キミ達は授業に戻らないだろう？　きっとまた、どこか別の場所でサボるだろう。それよりも、僕《ぼく》の演奏《えんそう》に惹《ひ》かれてここに来てくれたことがうれしい。少しは人が聴くに耐えられる演奏になったということだからね」

身長は……一八〇センチくらいある光星よりも高いだろうか。

細身で足の長いその姿は、日本人離れしていて、今まで校内で見たことがないのが不思議なくらいの存在感がある。

それに、凄く話がわかるというか……先生に反発してばかりの海琉が、大人しく先生に従って椅子《いす》に座った。

「いえ、とても素敵《すてき》な演奏です。不安なことがあったのに、それが癒《いや》されるみたいでした」

「それなら良かったよ、雛木摩耶さん。クラスメイトを亡くしたキミ達の、心を少しでも癒せたなら本望《ほんもう》だ。早瀬さんのことは……本当に残念だった」

私達が全員椅子に座ったのを見て、ピアノに向かいあう。

「ねえねえ、あの先生、私の名前を知ってたよ。私は知らないのに、なんかうれしいね」

「うん、凄いね。この学校だけで生徒は七〇〇人くらいいるのに」

そんな話をしていると、再び先生の演奏が始まった。

鍵盤を弾くひとつひとつの音が、スーッと耳から身体の中に入る。

こんなに眠気に襲われている時に、こんなに静かで悲しげな曲を聴くと、眠ってしまいそうなのに。

脳が、もっと聴きたいと欲しているのか、目は不思議と冴《さ》えていた。

朝に感じたお腹の気持ち悪さも消えて、まるでここが別世界のような。

西洋の教会の中にでもいるような、神聖《しんせい》な気持ちになれる。

何度も何度もループして、終わりなんてないような曲。

あの夢の中で嫌というほど聴いたはずなのに、不思議と飽《あ》きないし、なんならもっと聴きたいとさえ思う。

そして、ついに先生の指が止まった。

と、同時に私はほぼ無意識に拍手《はくしゅ》をしていた。

いや、私だけじゃない。

光星も摩耶も、海琉でさえ。

「はは。ありがとう。この曲は僕が昔、同級生と作った曲なんだ。何年もかけて、やっと人に聴かせられるようになったようだね」

その言葉を聞いて、光星の拍手が止まった。

「……同級生と、ですか？　確認しますがこの曲は、先生と同級生のオリジナル曲ということですよね？」

「ああ、そうだよ。とはいっても、メロディラインは同級生が作って、僕はアレンジを加えただけなんだけどね。それがどうかしたかい？」

「俺達は……最近、この曲を聴いたんです。先生の演奏ほど洗練《せんれん》されてはいませんでした。もっと粗削りと言うか……そう、完成されていない感じのこの曲を」

ああそうだ。

私達は夢の中で聴いたのと同じ曲が聴こえたから、音楽室にやってきたんだ。

危なく忘れてしまうところだったよ。

頭が回らないって怖いな。

光星がそう言うと、先生の表情が少し強張《こわば》ったようになった。

「まさか……あ、だけど僕はいつもここで弾いているから、それが聴こえたんじゃないのかな？」

「違います。滑稽《こっけい》と思われるかもしれませんが、俺達は夢の中で聴いたんです。夢の中で、先生が演奏する曲が聴こえた。だから、俺達はここに来たんです」

光星がそう言うと、先生は右手で右目を押さえるように覆《おお》って。

「まさか……そんな。いや、もしかしてキミ達は、早瀬さんに何か話を聞いたりしたのかな？　それで僕の所にやってきたとか」

「言ってることがよくわかりません。早瀬からは何も聞いてませんし、先生のこともさっき知ったばかりです。何か知ってるんですか？　俺達の呪いについて」

光星がそう言うと、明らかに先生の表情が変わった。

まるで、悲しんでいるかのような……辛そうな表情に。

「早瀬さんは……何日か前にここにやってきたよ。憔悴《しょうすい》しきっていて、目が完全に正気を失っていた。だけど、僕の演奏を聴いている時は穏やかで、うれしそうだったよ。だけどその日、彼女は亡くなってしまった」

ポツポツと、その時の様子を語り始めた先生。

呪いなんて関係ないように思えるけど……それを否定しないのはどうしてだろう。

「彼女はひとりだと言っていた。ひとりで悪夢にうなされてるんだと。少しでも心が休まるならと思ったんだけどね。もう、手遅れだったんだ。僕にできることと言えば、ピアノでこの曲を奏でることくらいさ」

ポロンと鍵盤を弾き、寂しそうに話す。

「質問に答えてください。俺達の呪いについて、何か知ってるんですか？　どうして夢の中で、今の曲が……うっ！」

光星が質問を投げかけている途中、先生が前髪を掻き上げて、私達に顔の右半分を見せた。

「きゃっ！」

「うおっ⁉」

思わず声を上げてしまい、失礼《しつれい》かと慌てて口を塞いだ。

「僕は……逃げたんだ。彼女から、悪夢から。だけど、呪いからは逃れられなかった。その結果がこれだ」

先生の顔の右半分……それは、右目から上の部分の骨が見えていて、皮膚《ひふ》と目がなかったのだ。

「普段は生徒に見えないように、この部分は仮面《かめん》をつけているんだよ。でもね、そんな物をつけていたって、僕が逃げたという事実は変わらない。そう、何も変わらないんだ」

彼女から逃げた……悪夢から逃げた？

もしかして、先生もこの悪夢を見たことがあるんじゃないの？

私はその言葉が、救われる可能性のひとつかもしれないと、回らない頭で考えて。

「先生！　悪夢から……逃げる方法があるんですか⁉　私達と先生が見た悪夢は違うかもしれないですけど……」

「……キミ達は、知ってはならない言葉を知っているかい？　もしもそれを知ってしまって、悪夢を見ていると言うなら、僕が過去に見たものと同じ悪夢を見ているということだ」

やっぱり……先生は、私達と同じ夢を見て、死なずに済んだ人だった。

それは、あの夢を見てしまったら、最終的には死んでしまうと思っていた私にとっては大きな希望だった。

「は、はい！　そうです！　先生はどうやって逃げたんですか？」

そう尋ねると、先生は右目を指さした。

「呪いの〝印《しるし》〟を剥《は》ぎ取ることだね。僕の場合、不運にも眼球《がんきゅう》にも〝印〟が刻まれていたから……えぐりだすしか方法がなかった。それが悪夢から逃げる方法だよ。その後は絶対に、知ってはならない言葉を〝見ない〟ことだね」

その方法は、あまりにも壮絶《そうぜつ》で、とてもじゃないけど真似《まね》できそうにない。

「印」というのは、十中八九あのアザで間違いないと思うけど。

私の場合は首と左腕で、首なんて剥ぎ取ろうとしたら頸動脈《けいどうみゃく》を切って死んでしまうかもしれない。

それでも、あの苦しみを何度も味わうくらいなら、一度だけの苦しみで終わらせるというのも手かなと、本気で考えてしまう。

「おいおい……そんなの無理すよ。俺と光星はまだいいとして、こいつらは二箇所も付いてるんすから」

「だったら、この方法は諦めるんだね。ただ、僕と同じようにあの言葉を知ってしまった同級生達は……皆死んでしまったよ。僕も一緒に死ぬべきだったんだと、今でも思うことがある」

結局……ふりだしに戻ったって感じがする。

せっかくこの呪いについて話せる人がいたと思ったのに。

「そんなぁ……私達は死ぬしかないの？　この呪いは解《と》けないの？」

摩耶が今にも泣きだしそうな表情で、諦めに近い言葉を吐いたけれど。

光星はそれでも食い下がった。

「何か……何か方法はないんですか⁉　他にも知ってることがあったらなんでもいい

んです！　教えてください！」

「……キミ達は早瀬さんと違って、まだなんとかなりそうだね。でも、これだけは約束してくれないか。絶対に、何があっても諦めないって。死のうなんて思わないって」

この先生が何を知っているのかはわからない。

何も知らないかもしれないけれど、その言葉は私達に安心感を与えてくれた。

もしかしたら何とかなるかもしれない。

この悪夢が終わるかもしれないと。

「とはいえ……僕は過去から逃げた人間だ。まさか再びあの悪夢と戦うことになるとは思わなかったよ。あの時逃げなければ、何か変わっていたのかな？　いや、きっと変わっていたのは僕が死ぬことになっていたということだけだろうね」

「……いや、あの。感傷《かんしょう》に浸《ひた》るのは結構なんですが、夢のことについてですね……」

遠くを見詰めて自分に酔《よ》っている様子の先生に、思わず光星が突っ込みを入れる。

なんか、変わった人だな。

ピアノを弾いている時はあんなに素敵なのに。

「ああ、すまないね。だけど今言ったように、僕は過去から逃げた人間なんだ。まずはその悪夢がどんなものかを教えてくれないか？　鮮明に覚えているのは、死の苦痛だけだからね」

「えっとですね……このノートに書いてあるんですが。次のページに例の言葉が書かれていますから、気をつけてください」

光星はそう言い、ノートの表紙をめくって先生に手渡した。

「ふむ。知ってはならない言葉、白い物、目が覚める場所……か。この白い物……恐らく間違ってはいないと思うけど、どんな姿の幽霊なんだい？」

白い物を迷いなく「幽霊」と言った。

先生が「白い夢」……いや、「呪い夢」から抜けだせたというのも、まだ半信半疑《はんしんはんぎ》だったけれど、その言葉で確信に変わった。

この先生は、本当に抜けだしたんだって。

「セーラー服を着ている、肌が真っ白な幽霊です。気味の悪い笑みをずっと浮かべていて……思い出すだけで恐ろしい」

「そうか、彼女はまだ悪夢の中にいるのか。それで？　キミ達は夢の中でどこにいたんだい？　僕の予想だと、この学校の夢を見ているんじゃないのかい？」

「い、いえ……見たことのない学校です。造りは説明できませんけど……」

まあ、光星は初日も二日目も、移動距離はほとんどないはずだからわからないよね。私もそれほど動き回ったわけじゃないから、どんな校舎かと言われたらわからないんだけど。

「結構広い学校すよ。廊下がめちゃくちゃ長いし、結構変わった造りをしてたっすよ」

光星の代わりに、海琉がそう言うと、先生は少し驚いたようで。

「そうか。思い出したよ。うん。僕ができることはまだありそうだ」

何を思ったのか、先生はそう言うとページをさらにめくり、あの知ってはならない言葉を目にしたのだ。

「せ、先生！　それを見てしまったら……」

「大丈夫。僕は過去にも見ているからね。それに……もう一度あの悪夢に向きあわなければ、僕は一生《いっしょう》負け犬のままだから」

ノートを閉じて、光星に渡した先生は、どこか清々《すがすが》しい顔をしていて。

逃げだしたとはいえ、長年悪夢にうなされていたのかなと思ってしまう。

「さて。明日は土曜日だ。キミ達を連れていきたい場所がある。そうだな……いつもと同じ時間に学校に来てくれるかな？」

先生の提案に、私達はどう返事をすればいいのか。

こんな状況で連れていきたい所？

「わ、私は大丈夫ですけど」

「うん、私も」

「俺も行けるっすよ。することないんで」

口々にそう言うと、先生は微笑みを浮かべた。

「あの……つまり、今はどうすることもできないということでしょうか。明日なら、どうにかできるってことでしょうか」

「……それはわからない。だけど、僕が言えるのはひとつだけだよ。何がなんでも、何度悪夢を見ても、絶対に死のうなんて思わないでくれ。さあ、一限目がもうすぐ終わる。二限目はここを使うみたいだから、話は明日にしよう。これ以上、僕が教えられることはないからね」

私達は、先生にそう言われて音楽室を出た。

再び階段に戻り、話の整理をするために。

「それにしてもおかしな先生だったよな。自分で〝印〟を剥ぎ取ったんだとよ。右目もえぐってよ」

人差し指で自分の右目を掘《ほ》るようなジェスチャーをする海琉。

「死ぬよりマシ……そう思ったんだろうな。最悪、俺達もそれをする覚悟《かくご》をもたなきゃならないかもしれないな」

「や、やめてよ光星。それよりも、明日どこに連れていこうとしてるんだろ。肝心《かんじん》なことは何も教えてくれなかったし」

少し不安だけど、それ以上に不安を感じることがあるから、この苦しみから抜けだせるならなんでも良いとさえ思えてしまう。

「わかんねぇなぁ。あの先生の演奏は何度でも聴きたいって思うけどよ、先生自体は何考えてんのかわからなくて苦手だぜ」

「結構かっこいいのにね。もったいない」

私がそう言うと、海琉は顔を引きつらせて。

「若葉……お前、あんなのが良いのかよ」

「まあ、自分に酔っていなかったらね」

というか、なんの話をしているんだろう。

演奏を聴いている時は大丈夫だったのに、今はその反動なのか、凄く眠くてたまらない。

頭が回らなくて自分でも何言ってるかわからなくなってきたよ。

「お、おい！　摩耶！　起きろ！　寝るんじゃない！」

そんな中、慌てた様子で光星が声を上げた。

私の隣で、壁にもたれて目を閉じていた摩耶の肩を揺すっていたのだ。

「⁉　あああああああぁぁぁっ‼　痛いよ……痛いっ‼」

弾《はじ》かれるように瞼が開いて、突然苦悶《くもん》に満ちた表情に変わった。

そして……右の膝《ひざ》に浮かび上がった例の印。

「嘘だろ……ほんの一瞬だろ。摩耶が寝てたとしてもよ！　それなのになんでだよ！」

「はぁ……はぁ……い、一瞬？　ここは……学校？　何がどうなってるの⁉　私、諦めちゃダメだと思って、かなり長い時間頑張ったのに！」

混乱しているようで、ここが学校だと信じられない様子。

辺りを見回し、私の顔をマジマジと見詰めて、ようやくあれから全く時間が経っていないことを理解したようだ。

「なんで私だけ三回も‼ こんなの無理だよ！ 寝ないなんて絶対に無理‼」

「落ち着いて摩耶！ 辛いよね、苦しいよね。だから、寝ないように頑張ろう」

私が摩耶の肩を掴んで、落ち着くように説得してみるけれど……摩耶は眉間にシワを寄せて、私の手を払《はら》って立ち上がった。

「だったらどうして起こしてくれなかったのよ！ 皆と一緒にいても、寝ちゃったら意味がないじゃない‼」

そう怒鳴ると、摩耶は駆けだして階段を下りていってしまった。

ほんの数分前まで、先生の話を聞いて、なんとか頑張ろうって話をしていたのに。

「なんだよ……いきなりどうしたんだ、摩耶のやつ」

「いや、わからなくもないな。恐らく摩耶は、夢の中で何時間も過ごしていたんだ。なのに、実際にはほんの数秒だろ？ この先、何度寝てしまうかわからないのに、何度あの苦しみに耐えなければならないのかわからないのに。それを考えて、耐えられなくなったのかもしれないな。あいつ、そんなに強くないから」

「お前は行かなくて良いのかよ。大好きな摩耶があんななのによ」

「な！　バカ！　海琉お前っ！」

眠い頭には、やけに情報量の多い会話が耳に入ってきた。

確かに、何時間も過ごしたと思って現実では一瞬だったら、嫌になるというか絶望するというか。

明日、先生がどこかに連れていってくれるみたいだけど、それがやけに遠く感じてしまうかもしれない。

それこそ、何日も、何週間も先のことのように。

光星が摩耶を好きなのは、そりゃあ初日の夢の中でとはいえ、私達を裏切って摩耶の手を引いて逃げたんだからわかるよね。

「わりぃな。眠いから俺自身何言ってるかわかんねぇよ」

「くっ！　覚えてろよ！」

「眠いから無理だな。すぐ忘れるわ」

慌てて駆けだした光星を見送り、私は海琉とふたりになってしまった。

「俺達はどうする？　話は終わったし、ここにいても摩耶みたいに寝ちまうかもしれねぇ。寝ないように動き回るか、早瀬みたいにずっと何かを書き続けるか」

「私さ、思い出したんだけど。月菜って授業中、突然叫んだりしたことあったじゃない？　それってさ……書いてても眠っちゃって、白い物に殺されて目が覚めた……ってことじゃないの？」

今の摩耶の姿を見て、その時の月菜と同じように感じてしまった。

「ん……待て待て。じゃあ何か？　俺達は早瀬が寝ないようにノートを書き続けてて、寝てないって思ってたけどよ。そんなことをしてても寝てたってことかよ」

「そうだと思う。摩耶は月菜の首に印があったって言ってたけど、もしかしたら服の下は印でいっぱいだったのかも」

それでも、月菜にとってはそれが一番眠くならない方法だったのかもしれないけど。

「じゃあどうするんだよ。動き続けて眠らないようにするか？」

それも良いんだけど、それだと疲れて眠くなっちゃうかも。

考えても答えは出ないけど、ここにいても眠くなりそうだから、移動しないと。

どこに行く……というあてではない。

まだ二限目が始まる前だから、今ならと思って教室に。

教室の中に入ると……クラスメイトが気味の悪い物でも見るかのような目で、席に座っている摩耶を見ていたのだ。

その視線の先の摩耶は、月菜と同じようにノートに何かを書いていて。

目を見開いて、必死に眠気に耐えているのがわかる。

「摩耶、落ち着けって。そんなことをしなくても他にも方法はあるだろ？　眠くならないように、俺がずっと話をしてやるから。な？」

横に立った光星が、なだめるように話しかけている。

「うるさい……うるさい‼　いつになったら私はぐっすり眠れるのよ！　いつになったら悪夢を見なくなるのよ‼」

「そんなこと言わないでくれ。頼むから……」

私はまだ、とてつもなく眠い……くらいで済んでいるけれど、摩耶は三度目の死を迎《むか》えた。

その苦痛とストレスは、穏やかだった摩耶を一変させるには十分だったのだろう。

ほんの一瞬で、限界《げんかい》を超えてしまったんだ。

しばらくその様子を見ているとチャイムが鳴り、担任の浜村先生が教室に入ってきて。

「授業を始めるぞ。ほら、席に着け！」

「やっべぇ……浜村の現国《げんこく》かよ。さっさと逃げておくんだったぜ」

海琉が苦虫《にがむし》を噛み潰したような顔で、しぶしぶ席に着く。

浜村先生は普段は優しいけど、授業をサボったりすると凄く怒って、同じ内容の退《たい》屈《くつ》なお説教《せっきょう》を延々と繰り返すから。

ここは大人しく授業に出たほうが良さそうだ。

光星も、摩耶を心配しながらも自分の席に着いて。

出席確認の後、授業が始まった。

授業が始まってまだ五分も経ってないけれど……眠い。

窓際の席で、陽《ひ》の光が当たってポカポカする。

これはまずい……本当に寝ちゃう。

ノートに何かを書いて眠気を紛らわせないと。

そう考えながらも、瞼は重くてどんどん下がってくる。

ダメ……寝ちゃダメ……。

起きなきゃダメ！

強く心の中で叫んで、目を開けた時……既に景色《けしき》は変わっていた。

クラスメイトがいた教室は、ホコリと蜘蛛《くも》の巣《す》、そして崩れた天井とガラスが散乱する廃校舎。

私は古びた机に突っ伏していた。

「え、う、嘘でしょ⁉　寝ちゃったの⁉」

いつも見る夢とは違う。

外は明るくて、校舎内もいつもより全然見やすい。

だけど、怖いのはそこじゃない。

「は、早く出口を探さなきゃ……」

きっと、今は私しかこの夢を見ていないと思うから。

こんな昼間に白い物なんて出るのかなと思うほど、夜の校舎とは違っている。

でも、摩耶は殺されたんだよね。

右膝に浮かんだあの印が何よりの証拠《しょうこ》だ。

ゆっくりと歩き、教室の入り口から廊下を確認する。

大丈夫……ピアノの音も聴こえているし、近くに白い物はいない。

それにしても、改めて考えてみると、この広い校舎の中にある出口を探さなきゃならないなんて。

どれくらい大きいのか調べたいと思う気もするけど、そう思って移動して、実は隣の部屋に出口があるとかになったら嫌だからなぁ。

「まずは近くからだよね」

そう呟いて自分の行動を確認する。

不思議なんだけど……夢の中でも猛烈《もうれつ》に眠い。

気を抜いたら眠ってしまいそうなくらいに。

この中で寝たらどうなるんだろう……。

きっと、白い物に見つかって殺されるだけだろうな。

そう考えると、夢の中でもこの眠気があるのは辛い。

「うわぁ……ここの廊下は特にひどいよ。壁まで崩れてる」

いくつか教室を調べて、一番端の教室の前。

パッと見で出口がないことはわかって、今来た道を引き返す。

頼《たよ》る人はいない。

助けてくれる人もいない。

白い物に見つかってしまえば、ひとりでどうにかするしかないという緊張感だけは、いつもより強く感じる。

それにしても、夜とは大きく違う点がある。

廊下から見える景色が、夜とは違い、反対側の校舎が見えるのだ。

夜は真っ暗で、何も見えなかったのに。

「中庭も見える。凄い雑草《ざっそう》だけど」

などと考えていた時だった。

背筋にゾクッと感じた強烈な悪寒。

ピアノの音はまだ聴こえているのに……どうして？

そう思って見上げた向かい側の校舎。

その三階の教室に、真っ白な顔でニタリと笑う白い物がいて……私を見ていたのだ。

目が合った瞬間、全身が死の恐怖に怯えるのがわかる。

まだ距離があるから逃げなきゃと思うけど……目を逸らせば動きだす。

それも、恐ろしい速度で。

どこに逃げれば良いのか、どうすれば助かるのか。

ゆっくりと横に移動しながら、目を逸らさないように考えた。

廊下の真ん中、左右に階段があって、左側には白い物がいる校舎に続く廊下がある。

玄関に続く廊下だ。

ここからでは、白い物がどちらの階段を使って、どのルートを通ってここまで来るかがわからない。

いつまでもここで睨みあいを続けているわけにはいかない。

窓の端、柱に視界が隠れた瞬間、一か八か私は駆けだした。

向かうのは玄関に向かう廊下！

ジャリジャリと音を立てて廊下を走り、何とか廊下を曲がった……瞬間。

「フヒヒヒヒッ……」

という笑い声が、今いた廊下の奥から聞こえたのだ。

多分だけど見られては……いないはず。

というよりも速すぎる‼

私が一〇メートルくらいを走る間に、白い物は反対側の校舎の三階から、二階に下りて図書室の前の廊下を通って一階に下りた。

幽霊だからといえばそれまでだけど、その異常な速さに、一気に不安が身体を包み込む。

ピアノの音も聴こえなくて。

私という目標を失った白い物は、ゆっくり、ゆっくりと反対側の校舎に向かって移動を始めた。

白い物は、目標がない時はゆっくり動く。

それは昨日の夢で確認済みだ。

眠い頭で必死に状況を整理しながら、私は反対側の校舎の階段を上った。

二階に到着し、さらに左の廊下を走った。

渡り廊下を渡り、また別の校舎に入る。

「ハァ……ハァ……また校舎……もう！　どれだけ大きい学校なのよここ！」

ピアノの音が聴こえ始めて、安心したと同時に、吐きだすように独り言を呟いた。

少なくとも、白い物と同じ棟にいなければ自由に動ける時間は増える。

そして、大きな校舎に入ってすぐにまた階段。

このまま、まず二階から調べるべきか……それとも他の階にすべきか。

窓の外には体育館らしき建物も見えるけど、そこに続く廊下は一階に見えるから、今は特に関係ないかな。

「……三階かな」

そう思った根拠《こんきょ》は特にないけれど、上から順に……というのが私のいつものパターンだから。

そう決めて、三階へと上がる。

「うわ……凄い蜘蛛の巣。ここが一番ひどいんじゃないの？」

ガラスや天井が落ちているのは元より、廊下の端が見えないくらいに白く、蜘蛛の巣が張り巡らされていたのだ。

普通なら、こんな所は進みたくない。

でも、出口を探すという目的があるし、何より……ほんの少し、ピアノの音が大きくなったような気がするから。

蜘蛛の巣を手で払いながら、廊下を歩く。

真っ直ぐと、左側に延びる廊下があったけれど、どちらも同じくらいの蜘蛛の巣。

仕方なく真っ直ぐ歩き、教室の入り口があれば中を確認する。

その作業を繰り返して、廊下の端まで辿り着いた。

「あーもう！　蜘蛛の巣多すぎ！　巨大《きょだい》蜘蛛とかいないでしょうね」

出口が見つからないのと、眠いのと、そして蜘蛛の巣とで、イライラは募《つの》るばかり。

ピアノの音もさらに大きくなっていて、今では少しうるさいくらいだ。

そんな状態で、出口を探し続ける。

どんどんイライラが募る。

蜘蛛の巣を払う手も、それに伴って乱暴《らんぼう》になっていく。

とうとう、ピアノの音がうるさすぎて耳を塞ごうとした時だった。

ピタリと、その音が止んだのは。

瞬間、ドクンと激しく動く心臓。

ちょうどT字になっている廊下の真ん中で。

白い物が近づいてる。

でも、どこから？

壁を背にして左右、そして正面を見て。

白い物の姿はない。

もしかしたら、まだ二階にいるのかもしれない。

それとも……右側にあるドアの中？

早く逃げたいのに、下手《へた》に動けば身動きが取れなくなる状況で、私はなすすべもなくキョロキョロと辺りを見回すことしかできなかった。

まだ出口を見つけていないのに。

ここでジッとしていても殺されるだけだ。

もうピアノの音も止まっているし、どうにかやり過ごすしかない。
そう思って、チラリと見た右側のドア。
開いたままのドアの中に入り、教室の中を見回す。
そこには白い物はいなくて。
古びたピアノが置いてあるけど……こんなピアノであの音を出せるものかな。
頭の中に響いてるみたいだし、どうもこれではない気がする。
なんて、今はそんなことを考えてる場合じゃない。
どこかに隠れる所はないかなと教室の中を見ていると……窓際にぼんやりとした光？
今は外が明るいから、それが出口だとは気付かなかった。
でも、初めて出口を見つけることができたと、安堵して駆けだした時だった。
「フヒヒヒヒヒヒヒヒヒヒヒヒッ！」
という笑い声が、音楽室らしきこの教室に飛び込んできて。

私が出口に触れると同時に……私の腕を掴んだのだ。

どちらが早かったかはわからない。

だけど、私の身体は落下《らっか》するかのような感覚に襲われて。

白い光が目の前に広がっていった。

ああ、出られたんだと実感したけれど、腕を掴まれている感覚はずっと残っていた。

長い夜

「プハッ！　ハァ……ハァ……」

息苦しさに目を覚まし、呼吸を乱《みだ》して辺りを見回した。

「おいおい神崎《かんざき》。授業が始まったばかりだってのに、いきなり居眠りか？　夜にしっかり寝ろよ」

浜村先生に目ざとく見つけられて、呆れたように声をかけられた。

……あれからどれくらい経ったのか。

いや、摩耶と同じなら、ほとんど時間は経っていない。

壁にかけられてる時計を見ても、授業が始まってまだ五分。

眠気がなくなるわけでもなく、変わらない眠気が身体を包み込んでいる。

唯一の救いは、白い物に殺されなかったこと。

……そういえば、出口から出る時に、白い物に腕を掴まれた。

ギリギリセーフだったのだろうけど。

そう考えながら右の袖をめくってみると……。

「⁉」

そこには、くっきりと青黒いアザのようなものが付いていたのだ。

白い物に噛みつかれたら印がつくけど……こんなのは初めてだ。

でも、夢の中で裸足で歩いていたら、足の裏を怪我していたし。

物凄い力で掴まれたんだろうな。

なんてダメだ。

こんなにのんびり考えてたら、またいつの間にか眠ってしまう。

月菜や摩耶のようにノートに何か書こうと思ったけど、手の甲《こう》でもつねったほうが眠気が覚めるような気がして。

私は自分の手の甲をつねった。

それから、ずっと手の甲をつねり続けて、何とか授業が終わった。

海琉も摩耶も、なんとか眠気に耐えたのだろう。

真っ赤に充血《じゅうけつ》した目に、涙が浮かんでいる。

光星はともかく、私達は授業なんて出られたものじゃない。

眠気との戦いでしかなくて、そのためなら自分の身体を痛めつけなければ耐えられないくらいだから。

「若葉、お前大丈夫かよ……眠っちまったんだろ？」

「うん。でもね、出口を見つけたから大丈夫だよ」

海琉の問いに答えた瞬間、摩耶の表情が変わって、私に詰め寄ったのだ。

「はぁ⁉ なんで若葉は出口を見つけたのよ！ 私は殺されたってのに！ そんなの不公平じゃない！ 私だけ三回も殺されて！ なんで、なんで私は出口を見つけられないの⁉ なんでよ、ねえ！ 何で⁉」

「お、落ち着け！ 落ち着けって摩耶！ このままじゃダメだ。俺が摩耶を学校から連れだすから、海琉と若葉はなんとか頑張ってくれ！」

「離してよ！ 光星なんて眠くもないくせに！ 私の何がわかるっていうのよ！」

喚《わめ》き散らす摩耶を強引《ごういん》に引きずって、光星は教室から出ていった。

きっと、このままでは喧嘩になってしまうと判断してくれたのか。

あんな摩耶は本当に初めてで、私は何も言えなかった。

「次は俺達があなるかもしれないんだよな」

「う、うん。今でも少しイライラするからね」

死の恐怖に耐えられなくなったら、簡単に壊れてしまうのだろうか。

今の摩耶みたいに。

「あ、そうだ。ねえ海琉、夢の中でさ、大きな校舎の三階って行ったことある？　玄関の向かい側にある校舎なんだけど」

さっき見た夢の中で、不思議に感じたのはそこ。

どこにいても同じ音量で鳴っているはずのピアノの音が、そこだけやけに大きくなったから。

「大きな校舎ぁ？　二階は行ったけど、三階は一度もねぇな。なんだよ、そこに何かあったのかよ」

あったと言えば出口があったんだけど。

「もうね、蜘蛛の巣だらけで大変だったんだから。廊下の隅が見えないくらい真っ白で。それでね、ピアノの音が大きくなるの、そこだけ」

「ピアノって……先生が弾いてたあの曲がか？」

「うん。音楽室の前だと、うるさいくらいに大きくなるの。まあ、その音楽室には誰もいなかったんだけどね」

夢の中で、さらに眠かったから、少し不思議だな程度にしか思わなかったけど。

海琉も大して気にならなかったのだろう。

「ふーん」と返事をしただけだった。

まあそうだよね。

ピアノの音が大きく聴こえたからって、何かあるのかと言われたら、私にもそんなことはわからないし。

それが何かなんて、毎回の出口を探すことに比べたら重要性は低いように思える。

「あー……ダメだ！　座ってたら眠くてたまんねぇ！　俺も外出るわ。多分今日は戻ってこねぇ」

大きく伸びをして大あくび。

ため息をつくと同時に顔をしかめた海琉が、カバンを持って立ち上がった。

「え、ええ⁉　そ、それなら私も出るよ！　ずっと手の甲をつねってて、もう痛くてたまらないんだもん」

慌ててバッグを取り、海琉に置いていかれないようにと教室を出た。

ひとりでいても、授業に出ていても、これ以上眠気に勝てる自信がない。

頭が痛くてお腹が気持ち悪い。

生徒玄関で靴を履き替えて、外に出た。

「出るのは良いけどよ。なんで俺についてくるんだ？　予定なんて何もねぇぞ？」

「そんなの、私にもないもん。どうせ眠いなら、歩いてたほうが眠気が覚めるかもしれないし、ひとりだけ残されるなんて孤独《こどく》じゃない」

「はぁ？　周りにいっぱい人がいるだろうが。どこが孤独なんだよ」

どこがと言われると……同じように〝ノロイユメ〟を見ている人がいないから。

クラスメイトとは、私のこの苦しさを共有できないから孤独なんだよ。

ぼんやりとした頭で、海琉と一緒に道を歩く。

今頃、摩耶と光星はどうしてるのかなとか、眠ったらまたあの夢を見ちゃうから嫌だなとか考えているけど、歩いているおかげで眠らなくても済みそう。

「ところでよ、お前はあの先生の言うことをどう思ってる？」

「どうって？　あぁ、明日どこかに連れていってくれるって話？」

「そうだ。怪しくねぇか？　俺達を〝ノロイユメ〟から本当に助けてくれるのかよ。もしもそうじゃねぇなら、何をしようとしてるんだよ」

うーん。

何をと言われると、何も教えてくれてないからわからないんだよね。

それは皆だってわかってるだろうし、今はそれに頼るしか方法がないんだって。

「そんなのわからないけど……あ、ほら海琉、信号青だよ」

ふたりしてぼんやりしていると、信号が変わったことに気付くのにも時間がかかるよ。

大勢《おおぜい》の人が歩く横断歩道。

もうすぐで道を渡り切るというところで……私の目に信じられない物が飛び込んできた。

黒いセーラー服……白い顔……気味の悪い笑顔。

人混みに紛れて、それが睨みつけるようにして、私を見ていたのだ。

「な、なんで……なんでこんなところに！　まさか私、夢の中に……」

いや、違う。

夢の中特有のふわふわした感覚がない。

眠気でふわふわしてしまうけれど、それとは違った感覚だから。

でも、そうだとしたら……どうして現実に。

「ん？　おい若葉！　早くしねぇと信号が変わるぞ！」

どうして……海琉には見えてないの？

ああ、早く横断歩道を渡らないといけないのに。

頭が思考を拒否《きょひ》して、足が動かない。

このまま前に進めば、白い物に捕まってしまう。

でも、後退するほどの余裕はなくて。

どうしようどうしようと悩んで。

眠気も相まって、ほんの一瞬行った瞬き。

「フヒヒヒヒヒヒヒヒヒヒヒッ！」

その一瞬の瞬きの間に、白い物が私に迫る。

そして……白い物の口が目の前に見えた。

まるでキスでもするかのように私の上唇《くちびる》に噛みついて……そのまま頭を強引に振り上げたのだ。

何が起こったのか、私にはわからなかった。

何かされるような、ビリッという音が頭の中に響いたかと思った次の瞬間……激痛が走った私の顔。

それが何を意味していたのか。

私の顔は、白い物によって、上唇から上の皮膚を剥がされてしまったのだ。

「ひぎゃあああああああっ‼　痛い……痛いいいいっ！」

ボタボタと落ちる血を手で受け止めながら、その場に膝をついて悶《もだ》える。

耐え切れないほどの鋭く刺すような痛みに、頭がどうにかなってしまいそうだ。

「お、おい！　若葉！　何がどうなってるんだよ、これ！　しっかりしろ！」

海琉が私を抱えて、歩道まで移動させてくれた。

でも、痛すぎてそれどころじゃない。

「顔が……顔が……助けて！　痛いよ！　痛い！」

ダラダラと身体を伝って流れる血。

手も真っ赤で、それを見ると、私がいかに大怪我をしているかがわかる。

でも……。

「はぁ？　顔がどうしたってんだよ。いつもと変わらねえだろ？　それなのに道の真ん中でいきなり叫びやがって……お前も摩耶みたいにおかしくなったのかよ」

海琉にそう言われて……私の顔の痛みは、嘘のように引いていったのだ。

手についていたはずの血もなくて。

顔を触ると、皮膚を剥がされた場所も……なんともなかった。

「あれ……あれ⁉　なんで……でも、良かった……白い物が目の前に現れて、私の唇を噛んで、そのまま顔の皮膚を剥がされたんだよ！」

「は、はぁ？　白い物？　そんなのいねぇだろ。夢の中じゃねぇんだしよ」

だとしたら、さっきのはなんだったの？

夢を見たわけでもない、かと言って絶対に私の思い込みなんかじゃない。

痛みが……夢の中で殺された時のように、鮮明に残っているから。

でも、海琉は見ていないというのが気になる。

「ねえ、本当に白い物がいたの！　私の唇に噛みついたの！」

「そう言われてもな。俺は何も見てねぇし、お前はボーッと突っ立ってただけだぜ？

それにしても唇を噛まれたとか、白い物とキスしたのかよ」

「もう！　そうやって茶化《ちゃか》して！　本当にいたんだから！」

夢の中だけじゃなく、現実にまで現れるとしたら、私はどうすれば良いんだろう。

それも、海琉には見えていない、恐らく私だけにしか見えない白い物。

「じゃあなんでお前だけ見えてるんだよ。少なくとも俺とか他のふたりにも見えねぇとおかしいだろ？」

「それは……そうなんだけど。もしかして……これのせいかな」

考えないようにしていたけど、どうしてもそうとしか思えない。

右の袖をめくって、海琉に手首を見せた。

夢の中で、白い物に掴まれた場所。

考えてみれば、今までは白い物に掴まれた場所にこんな痕はつかなかった。

噛みつかれて殺されて、印がついたら終わりなのかな、程度にしか思っていなかったけど。

「もしかして私、白い物を連れてきたんじゃないのかな。さっきの夢の中で腕を掴まれた瞬間、出口から出たから」

「……わからねぇ。俺にはそうだとも、そうじゃねぇとも言えねぇよ。もし仮にそうだとしたら……若葉、お前耐え切れるのかよ」

その言葉が意味するものは理解できた。

耐え切れる……つまり、死を選ばないということ。

「だ、大丈夫だよ。なんで死ぬなんて道を選ばなきゃならないのよ。明日……明日だよ。明日になれば何か変わるかもしれないから」

「ま、そうだよな。今はなんにでもすがってみるしかねぇ。それにしても困ったな。さっきみたいに道の真ん中でボーッとされたら、車にひかれるぜ？」

それを言われると……どうすれば良いんだろう。

家にひとりでいると、絶対に寝てしまうからって学校に行ったのに。

夜もそうだよ。

摩耶の家にでも行って、朝までお互い寝ないように見張りあおうと思っていたから。

でも、摩耶はあんな感じだし、かといってひとりでいると絶対に寝ちゃうし。

月菜は一体どうやって夜を過ごしたんだろう。

「そうだ、今日海琉の家に泊《と》めてよ。摩耶は無理そうだし、光星は摩耶で忙しそうだし。ふたりで寝ないように見張りあえば、絶対に寝ないと思うんだ」

「は、はぁ⁉　お、お前何言って……」

「ひとりだと眠気に耐えられそうにないの！　お願い！」

もう、藁《わら》にもすがる思いというのは、こういうことを言うのだろう。

とにかく明日まで寝ずに耐えることしか考えていなかった。

「そ、そ、そうだな。寝ちまったら白い物に殺されるかもしれねぇからな。摩耶があなっちまったんだ。お前もそうならないとは限らねぇし」

しばらく考えた後に、私から目を逸らして、ボソボソと呟くようにそう言った。

「やった。もう本当にどうなるかと思ったよ。今でも眠気の限界なのに、夜とかどうすれば良いんだろうって思ってたからさ」

「お、おう。そうだな。てか、今から来るか？　ほら、あれだ。さっきも言ったけどよ、道の真ん中でボーッとされたらまずいだろ？」

確かに、それはまずいよね。

海琉が声をかけてくれたから、怪我をしていないって気付けたけど……もし気付かなかったら私は今でも苦しんでいたかもしれないよね。

どうしていなくなったかはわからないけど、白い物だって、まだ私につきまとっていたかもしれないし。

海琉の言葉に甘えて、今から家に行くことに。

幸い白い物は現れなくて、無事に海琉の家に着くことができた。

見るからに新しい家。

「ほら、遠慮しないで上がれよ。ひとり暮《ぐ》らしだから、気を遣う必要もねぇしな。念のために靴を履いたまま上がれ。誰もいねぇから気にすんな」

「え？　海琉って、この家にひとりで暮らしてるの⁉　ご両親はいないの？」

「ああ、ここは元々親戚の家でよ、詳《くわ》しい話はわからねぇけど親父《おやじ》がこの家を建ててさ。んで、俺が住んでるわけよ」

よくわからないけど、きっとお金持ちなんだろうな。

一階には部屋がふたつとトイレ、浴室。

二階にリビングとキッチン、トイレと寝室があるらしく、海琉について二階に上がった。

「うわぁ……何これ、顔に似合《にあ》わずセンス良いじゃない」

キッチンが広く、対面《たいめん》式のカウンターになっていて、そこに椅子があるから、本当にお店のカウンター席みたいになっている。

リビングには大きなテレビに大きなソファ。

寝室のベッドも大きくて、本当にひとりでこんな家に住んでるのかと思ってしまう。

「顔に似合わずは余計だ！　チッ！　知られたらたまり場にされると思って誰にも言わなかったんだよ」

テレビの前のソファに腰を下ろして、部屋を見回す。

意外と几帳面《きちょうめん》なのか、綺麗に整理されていて、普段の海琉とは別人の家かと思うほどだ。

「ほら、コーヒーだ。気休めかもしれねぇけど、ないよりマシだろ」

そう言って渡されたのは缶《かん》のブラックコーヒー。

私、苦《にが》いのが嫌いだから、昔一度口に含《ふく》んだだけで、それ以来飲んでないんだよね。

でも、こんな状況でそんなことは言ってられない。

「あ、ありがと。そういえば摩耶達は大丈夫かな。あの調子じゃ、光星は大変だと思うけど」

「さあな。人の心配なんかしてねぇで、自分の心配をしたほうがいいだろ、今の状況だとよ」

「うん……そうだね」

私と海琉は、まだ比較的穏やかでいられているから大丈夫だけど、不安はある。

私には白い物が見えて、それがいつ現れるかわからないということ。

幻覚《げんかく》とか見間違いなら、悩むこともないんだろうけど、痛みまで感じるものが、見間違いなはずがないから。

缶コーヒーを開け、グイッとコーヒーを口に入れる。

「うぇぇ……苦い」

「寝るよりマシだ。苦いのと痛いのどっちが良いんだよ」

そんなの答えるまでもないけど、こんなことに巻き込まれてなきゃ、どっちも嫌だって言ってるんだろうな。

「まあ、若葉が寝そうになったら、俺が叩き起こしてやるから安心しろよ」

いつ眠ってしまうかわからないこの状況では、海琉のその言葉はとても心強く感じる。

それから、どれくらい経っただろうか。

お昼になってお弁当を食べたけど、それが最大の間違いだったことに私と海琉は気付いた。

物凄く……眠い。

食事の後にはどうしてこんなに眠くなるのか。

それはわかっていたけど、どうしてもお腹が空いて食べてしまった。

「おい、若葉！　寝るんじゃねぇぞ！」

ペチペチと頬を叩かれ、感じる痛みに重い瞼を無理矢理開ける。

「はっ！　危ない危ない……眠っちゃいそうだったよ」

「こりゃあ、メシも食わないほうがいいな。ほら、早瀬がメシを食わなかったって、おばさんが言ってただろ？　食わなかった理由がわかった気がするぜ」

本当はお腹が空いてたまらなかっただろうな。

でも、食べてしまえば眠くなる。

眠れば殺される可能性がある。

そして現実で狂う……か。

「不眠不休で何も食べられない……こんなの、死ぬのを待ってるだけだよね。明日、どうにかなるかもしれないって希望がなかったら……」

そう考えると月菜が死んだ理由がわかるよ。

死因《しいん》は聞いていないけど、夢で死んでも現実では死んでいないから、多分自殺なのだろうというのはわかる。

「あれ？ そういや気になったんだけどよ」

私の隣に座っている海琉が、コーヒーを一口飲んで不思議そうな顔を向けた。

「何？ 何が気になったの？」

ぼんやりする頭で何も考えられないけど、話くらいはまだ聞ける。

「いやな、あの先生よ。あの曲は先生と同級生のオリジナルだって言ったよな？ だったらなんで、夢の中であの曲が流れてんだよ？」

あー、そういえば、何かのらりくらりとかわされて、その答えは聞いてない。

あの時も頭が回らなかったから、そのことに気付いてさえいなかったけど。

「なんでだろうね。先生も私達と同じ悪夢を見てたわけでしょ？ だから、それから逃れるために印を剥ぎ取ったって言ってたし」

「……だったら、夢の中でピアノを弾いているのは同級生のほうか？ それにしたってわからねぇな。なんだってそんな同級生がこんな〝ノロイユメ〟なんてものを見せてるかって話だからな」

もしかして、その同級生が白い物かもしれないと言おうとしたのかな。

でも、それは海琉が言った通り、そうだとしたら先生の同級生がどうしてこんな悪夢を見せられるのかがわからない。

仮にそうだったとしたら、先生はやはり何か知っているということになるよね。

可能性は色々考えるべきだと思うけど、猛烈に眠いこの状況では、これ以上考えることはできなかった。

あれから十二時間ほど経った。

もう眠さの限界で、いくらコーヒーを飲んでも瞼の重さは軽減《けいげん》されなくて。

「おい……寝るなよ。寝るんじゃ……ねえ」

海琉でさえ、眠気に勝てそうになくて頭がグラグラ揺れている。

「寝ちゃダメだよ！　起きて！」

自分の眠気を振り払うように、手を振り抜いて、海琉の頬を叩く。

パンッ！　と音を立てるかなと思ったけど、ゴスッという鈍い音が手から伝わった。

「いって！　いってぇ！　お前、それは痛いだろ！　芯《しん》に響くわ！」

慌てて目を開き、頬を撫でた。

「だって……痛くなきゃ起きないでしょ？」

「まあそうだけどよ。それにしても痛てぇ……」

そんなに痛かったかな？

確かに凄く綺麗にヒットしたとは思ったけど。

あと八時間ほどで約束の時間になる。

これまでの時間も長かったけど、ここからの八時間もとてつもなく長いよ。

お互いに睨みあうように監視《かんし》を続け、眠らないぞと伸びをした時だった。

ピンポーン。

と、こんな時間にも関わらずインターホンが鳴ったのだ。

「あぁ？　誰だよこんな時間によ」

そう言うと立ち上がって、壁にかかっているモニターのスイッチを押す。

私もソファからそのモニターを見ていたけど、カメラの前には誰もいないのか、人の姿は見えなかった。

こんな時間だし、一体誰が来るというのだろうか。

「イタズラかよ。それとも故障《こしょう》か？」

何も映っていないモニターを見て、首を傾げる海琉。

でも……。


ピンポーン。


また、インターホンが鳴ったのだ。

「……ね、ねえ。こんな時間に誰なの？」

「知るかよ！　でも、何かおかしいんだよ」

何がおかしいのか、ソファから立ち上がり、私もモニターの前に移動して確認する。

ライトが照《て》らしているのは、家の前の砂利《じゃり》。

カメラの前には誰もいなくて、誰かが呼び鈴《りん》を押しているわけじゃないようだ。

「ほら、ここ見てみろ。誰か……いる」

海琉が指さしてみせたモニターの上部。

かすかに蠢《うごめ》く何かがそこに映っていて……左右に揺れていたのだ。

そして、また鳴るインターホン。

「な、なんだよこれ。やっぱり壊れてんのか？　カメラの前には誰もいないからな」

「う、うん……気味が悪いよね」

そう言いながら、カメラの上部に映る人影《ひとかげ》を見ていたら……あれ？

少し、大きくなった？

左右に揺れるのが大きくなったような。

黒い影も大きくなったし。

まさか、徐々にここに近づいているの？

そう考えると、身体中を撫で回されるような気持ち悪さに包まれた。

「か、海琉。見るのやめようよ。何か……気持ち悪いよ」

「そ、そうは言ってもよ。若葉は良いかもしれねぇけど、ここは俺の家なんだぜ？」

「だけど！」

私がそう言って、止めようとした時だった。

ピンポーン。

ピンポーン。

ピンポーンピンポーン。

ピンポーン

ピンポーン。

「うおおおおっ⁉」

「きゃあああああっ‼」

私達が悲鳴を上げたのは、その音にではない。

その音に合わせて、カタカタと身体を左右に揺らして近づいてくる人影がカメラの前までやってきて、一瞬顔が映ったと思ったら、突然人影が消えたのだ。

「な、なんだよ今の⁉」

「だ、だから言ったじゃない！　白い物が見えたって！　ここまでやってきたんだよ！　私を追って！」

「だとしたらどうして俺にも見えてんだよ！　昼間は俺には見えなかったぞ⁉」

カメラは再び何もない景色を映しだしている。

正直、今のが白い物だったかと言われたらどうかはわからない。

顔がよくわからなかったし、もしかしたら違うかもしれない。

「どうせ近所のガキのイタズラだろ！　もうひとり、カメラに映らない位置にいるに決まってる！」

「れ、冷静になってよ‼　こんな時間に、どうしてそんなイタズラしなきゃならないのよ！」

私の制止を振り切って、怒ったように階段を下り始めた。

「ま、待ってよ！」

こんな時にひとりになるのだけは嫌だ。

私も海琉を追って、階段を駆け下りた。

「誰だコラァッ‼　人の家のインターホンで遊んでんじゃねぇぞ‼」

怒りに任せてドアを開け、家の外に出た海琉は怒鳴り声を上げた。

私も続いて玄関から出てみると……やはり、誰もいなくて暗闇があるだけ。

「ほ、ほら。だから誰もいないって！　早く中に戻ろうよ。怖いよ」

「若葉はよ……あのおかしなやつを見て、家の中は怖くないって思えるのか？　正直、俺はビビってるぜ。情けねぇ話だけどよ」

そう言われると、家の中でも安心なんてできないと思ってしまう。

だけど、外にいるよりは断然いいんじゃないかなと、首を横に振って恐怖を振り払う。

「それでも！　外にいるわけにはいかないでしょ！　ほら、中に入ろうよ。もう少し頑張れば朝になるんだし。ふたりで寝ないように頑張れば、もうすぐだよ」

暗闇の中にいるというのは、明るい場所にいるよりも眠くなるし、恐怖が増幅《ぞうふく》される。

闇の中から白い物が私を狙《ねら》っているように思えて……私は、海琉の手を取って家の中に戻った。

鍵《かぎ》をかけて、二階に戻ろうとした時だった。

階段の上……白い足が見える。

「ん？　どうした若葉」

「い、いる……階段の上に……白い物が」

そう呟いた時だった。

階段をバタバタと駆け下り、私に飛びかかる白い物を、私の目は捉えた。

次の瞬間、壁に押し当てられて。

頭に強い衝撃を受けて、私は気を失った。

「いつつ……はっ！　白い物‼」

私が目を開けると、そこは学校だった。

当然、夢の中の廃校舎のほう。

「そ、そんなのアリなの？ 白い物に押し倒されて……頭を打って気を失ったのかな」

ピアノの音も聴こえるし、夢の中の独特《どくとく》の雰囲気がある。

私、もう四〇時間くらい眠れてない感じなんだな。

目の前がかすむし、それでいて眠気が凄い。

「出口……探さなきゃ」

もう、注意力もなくなっている気がする。

教室の中を歩き、廊下に出ようとすると……。

突然肩に感じた手のような感覚に、私はビクッと身体を震わせた。

「きゃあああああっ！」

小さな悲鳴を上げて振り返ってみると。

「シッ！ シーッ！ バカ！ 白い物に気付かれんだろ！」

そこにいたのは……海琉？

え？

なんで？

もしかして海琉も白い物に襲われて？

「ど、どうしてここにいるの⁉　まさか……」

「お前が壁に頭打って倒れてよ。でも、寝息立ててたからまずいと思ってな。俺のせいでこうなったんだから、若葉ひとりにさせるわけにはいかねぇだろ」

少し照れたように頭を掻いて、視線は上を向く。

もしかしてそんなことで海琉も眠ったの⁉

「もう、バカなんだから」

でも、海琉のその気持ちはうれしかった。

私ひとりでは心細かったから。

近くには白い物はいないみたいで、ピアノの音が調子よく鳴っている。

まずは出口を探すことが最優先なんだけど、明らかに他の場所とは違う、音楽室のあるあの校舎の三階。

「ねぇ海琉。あっちの校舎の三階についてきて欲しいんだ。ほら、昼間に言ったでしょ？　ピアノの音が大きくなった場所があるって」

「ああ、言ってたな。特に理由なんてないと思うけどよ、若葉が気になるなら行ってもいいけど」

問題は、白い物に見つからずに辿り着けるかということだよね。

夜になると外は真っ暗……と言うよりも、暗闇という物質が包み込んでいるという感じさえする。

だから、反対側の校舎は見えないし、白い物がいたとしてもこちら側もきっと見えない。

注意すべきは、暗い廊下で遭遇しないかどうか。

こんなに目がかすむのに、万が一遭遇した時にその姿を捉えることができるかどうかは疑問だ。

それでも、行ってみるしかない。

「行くよ、海琉」

「おう」

ここが何階なのかは、外が見えないからわからない。

廊下の形で判断するしかないのだけれど、渡り廊下がないし、階段までやってくると上り階段がないから、三階なんだなと思って、下り階段を下りた。

靴を履いているおかげで、足は守られている。

海琉が来てくれたというのもあるけど、眠気が過ぎて、警戒心《けいかい》が薄れてしまっているような。

階段を下りながらそんなことを考えていると……突然背後から口を塞がれて、そのまま引き寄せられるように後方に倒されたのだ。

え⁉

な、何⁉

「シッ！　何で気付かねぇんだよ。ピアノの音が止んだ。動くな」

海琉に抱えられるように階段に腰を下ろして、耳を澄《す》ましてみると……本当だ、音が聴こえない。

注意力も何もかも、眠気にやられて落ちているんだ。

白い物がどこから来るかわからない。

もしかすると、三階にいるかもしれないし、この階段にやってくるかもしれない。

背後から迫られると、白い物を見ることすらできない。
ここにいることに気付かないように祈るしかなかった。
シャリ……。
シャリ……。
どこからか、かすかに足音が聞こえてくる。
多分これは……下の階？
ガラスを踏みしめる音が……徐々にこちらに近づいてきているのがわかる。
ゆっくりと……不規則な音が。
やめて、こっちに来ないで！
心の中で必死に叫んで、海琉に口を塞がれながら、私はただ震えていた。
シャリ……。
シャリ……。

その音がいよいよ階段の下までやってきた。

私達がここにいることに気付いたのか、足音が……動かない！

早くどこかに行ってよ！

何を悩む必要があるのよ！

こんなに近くにいるから、少しでも身体を動かせば衣《きぬ》ずれの音でさえ聞こえてしまいそうで。

呼吸音すら白い物の耳に届いてしまいそうで、息もできない。

「アア……アアア、アア……ナキャ……イヲ……」

え？

何？

これは、白い物の声だと思うけど……何か言ってる？

いや、確かに白い物はいつも小さく口を動かして何かを呟いているようだったけど。

何を言っているかはわからないけど、こんなにハッキリと聞こえたのは初めてだ。

「アア……ァ、アア、ア……イヲ」

唸り声と意味不明な声。

それが、徐々に遠ざかっていって。

シャリ……。

という足音が聞こえなくなるまで、私達は身動きひとつ取れずにただ座っていることしかできなかった。

聴こえる……ピアノの音が聴こえる。

鼓膜《こまく》を優しく震わせるその音に安堵した私は、海琉の手を外して安堵混じりの吐息を漏らした。

「危なかった……ありがとうね、海琉。海琉が来てくれなかったら、私は今頃死んでたよ」

「ま、まあ気にするなって。それより引き倒して悪かったな」

気付けば、海琉に抱かれるように階段に座っていて、私は慌てて立ち上がった。

こんな時になんだけど、男の子にこんなことをされたのは初めてだから、なんだか恥ずかしい。

「し、仕方ないよね。それより……どうしよう。白い物があの校舎のほうに行ったみたいだけど。これじゃあ、行くのが怖いよね」

あの声のことも気になるけど、私の聞き間違いかもしれないし……何よりも、なんて言ってるのかがわからなかったから、相談しても仕方がない。

「さて、どうすっかな……ん？」

少し悩んで、立ち上がろうとした海琉が、足元に落ちている拳大のコンクリートの破片に気付き、それを手に取った。

「白い物がいなかったら、あっちの校舎の三階をもっと調べられるのにね」

と、言った私の前を通って、階段を下りていく。

手にはコンクリートの塊。

「若葉はそこにいろ。ちょっと危険かもしれねぇからな」

そう言って廊下に出た海琉は、手にしたコンクリートの塊を反対側の校舎に投げつけたのだ。

恐らく、反対側の校舎の壁に設置《せっち》された消火設備《しょうかせつび》の蓋《ふた》に当たったのだろう。

バァン!という金属の激しい音が聞こえて、海琉が慌てて階段を駆け上がってきた。

「海琉⁉ 何して……」

「静かに! 今の音ならあいつも……」

階段の踊り場の端に寄り、耳を澄ますとピアノの音がまた途切れた。

そして。

「………ヒヒヒヒヒヒヒヒヒヒヒヒヒッ!」

という笑い声が、階段の下の廊下を猛スピードで駆け抜けていって。

恐らく、海琉がコンクリートをぶつけた場所まで移動したのだろう。

「まだだぞ。まだ動くなよ?」

耳元で囁《ささや》いた海琉の声が、私の身体をゾクッと震わせる。

小さく頷き、私はその時を待った。

何分……いや、この眠気に負けそうになる状態では、何時間にも匹敵《ひってき》する長い時間を待っただろう。

ピアノの音がフェードインするように聴こえ始めて、私はホッと胸を撫で下ろした。

「さあて、これであいつが遠くに行ってくれていればいいんだけどな」

わざと大きな音を出して、白い物を引きつける……か。

音を立ててはいけないと考えていた私にとって、その発想はなかったよ。

でもこれで、あっちの校舎に向かえる。

渡り廊下を渡り、音楽室のある校舎の三階にやってきた。

昼間、私が蜘蛛の巣を払いながら歩いたせいか、廊下の真ん中に穴《あな》が空《あ》いているように道ができていた。

「ん。確かにピアノの音が大きくなったような気がするな。今までこんなにハッキリ聴こえなかったもんな」

「でしょ？　ここだけ音が大きくなるから、この『ノロイユメ』に繋がる何かがあるかもしれないよ」

そうとでも考えていないと、とてもじゃないけどやっていられない。

毎回毎回、眠るたびに殺されるかもしれないって恐怖を感じて、どれだけ眠っても眠気が取れない。

もう、四〇時間も眠ってないことになっているんだから。

「まあ、この夢が呪いだっつーなら、その呪いの根源があるって言ってたな。それがここにある可能性があるってんなら、調べてみるべきだよな」

私がそう言った時には『ふーん』って言ってたのに。

やっぱり、実際に経験しないとわからない部分もあるんだろうな。

そして、音楽室に近づくにつれて大きくなるピアノの音を聴きながら、私達は歩く。

暗い中で、蜘蛛の巣がまるでトンネルのようで。

洗練されていない荒々しい曲は、先生の演奏とは違って不快感さえ感じる。

大きな音が私達の耳に入ってくる中、私達は音楽室の前にやってきた。

「音がでけぇな。入るぞ。いいか？」

「うん。中には誰もいないと思うけどね」

昼に入った時には誰もいなかったから、そう思って。

海琉に続いて、少し開いたドアから音楽室の中に入った。

すると……。

「うん？　やあ、キミ達ここに来たんだね。何日も寝ないというのは辛いからね。眠ってしまうのも無理はない」

先生が……ピアノの前に立って、部屋に入ってきた私達に目を向けたのだ。

「は？　なんで先生がここに……って、あの言葉を見たからか。この夢を見るってわかってんのに見るなんて変わった先生だぜ」

「まあね。ここは僕が逃げた夢だから。立ち向かうには、もう一度この夢を見る必要があったのさ」

まさか先生がいるとは思わなかったけど、落ち着いたその姿に安心感を覚える。

ただ出口を探して逃げ回るだけだった私達に、他の手段があると教えてくれるような期待もあったし。

「まあいいや。聞きたいことがあったんすよ。先生は、今鳴ってる曲は同級生と一緒に作ったって言ってたっすけど、その曲が何で流れてるんすか？　先生か同級生が、この夢に関わってたりするんすか？」

昼間、聞こうと思ってうやむやにされた話。

そう尋ねた海琉を、先生はジッと見詰めて口を開いた。

「僕の同級生は……僕が高校二年生の時に亡くなった。あまりしゃべらない子でね、ひどいいじめを受けていたよ。僕にはいじめから救ってあげられる勇気はなくて。この曲だって、いじめがひどくなって作るのを止めたんだ。わかるだろう？　彼女は僕を恨んでいるのさ。クラスメイトを恨み、世の中を呪い、そして僕を憎《にく》んだ。そしてその強大な想いがこの悪夢を作りだしたと、僕は思っているんだ」

少し寂しそうな表情を浮かべて、ポロンと調律《ちょうりつ》が狂ったピアノの鍵盤を弾いた。

「彼女は『呼ばれてるから行かなきゃ』と言ってね。その数日後に亡くなった。今思えば、死に呼ばれたんだと思う」

いじめ……そして恐らく自殺。

その怨念《おんねん》とも言える想いが、クラスメイト達に向けられて、今なお存在して月菜を死に追いやったんだ。

「いやいや、そのクラスメイト達はどうなったんすか？　先生は印を剥ぎ取ったから助かったんだなってわかるんすけど」

「皆……死んだよ。眠れない、夢で殺される恐怖と不安でおかしくなってね。クラスメイトや先生に刃物《はもの》で襲いかかって、最期《さいご》には自殺さ。僕がそれを聞いたのは病院のベッドの上だったから、詳しくはわからない」

今日の摩耶の姿を見たら、ありえないとはとても思えない。

むしろ、その光景が容易に思い浮かぶ。

私でさえ、この眠れないイライラが進んだらどうなるか……わからなかったから。

「キミ達が見た、〝知ってはならない言葉〟だけどね。あれはなんだと思う？」

「いや、そんな話をしてる場合じゃないんすけど……」

「大事なことなんだよ。〝ミシナンネ〟という言葉にはどんな意味があるかわかるかい？」

言葉の意味……光星は〝見死難寝〟って言っていたから、特に疑問ももたずにそう思っていたけど。

そもそも言葉の意味なんて今となってはどうでもいい。

知ったところでこの悪夢から逃れられるわけじゃないんだから。

「見ると死ぬ、寝るのが難しい。だから〝見死難寝〟だって光星が言ってました。並べ替えると〝皆死ね〟になるとも摩耶が言ってましたけど。でも、それがどうかしたんですか？」

私がそう言うと先生はフフッと笑ってみせて。

「〝見死難寝〟に〝皆死ね〟か。なるほど意味は通じるね。だけどそうじゃない。ミシナンネ……あれは、キミ達が白い物と呼ぶ僕の同級生の名前、進波音《しんなみね》のアナグラムなんだよ。だからこそこの悪夢は、彼女の怨念が作り上げたんだと確信しているんだ」

進波音……それがあの、白い物の名前。

先生の話が本当だとすると、〝ノロイユメ〟をいじめられていた進波音の怨念が作ったというのもわからない話じゃないのかな。

「いやいやいや、今は、んなことどうでもいいんだよ！　何が大事なことだよ！　明日でもいいだろ！」

「え、えぇっ⁉　ぼ、僕は結構重要な話だと思ったんだけど！」

「全くよ。この部屋に何かあると思って来てみれば、まさか先生の昔話を聞かされるとは思ってもみなかったぜ。若葉、何もねぇなら行こうぜ。さっさと出口を探して起きようぜ」

海琉がイライラしてるのはなんとなくわかったけど、いきなり怒りだすとは思わなかった。

それも仕方ないか。

私と同じで、四〇時間くらい不眠状態なんだから。

「す、すまなかったよ。もっと詳しい話は明日するとしようか。僕は……ここで波音に捧げる鎮魂歌《レクイエム》を奏でるとするよ。キミ達が、出口を見つけられることを祈りながらね」

そう言って鍵盤に視線を落とした先生。

調律が狂ったピアノで、一体どんな曲を弾こうと言うのか。

「あの……そういえば先生の名前をまだ聞いてませんでしたけど」

「和田《わだ》……和田信長《のぶなが》。今まで通り、先生と呼んでくれればいいけれど、ノブリンと呼んでくれても構わないよ」

「わかりました。じゃあ、私達は行きますね、先生」

ペコリと頭を下げて、私達は音楽室を後にした。

私達が音楽室を出ると同時に、大きな音で鳴っていたピアノが止んだ。

廊下に出たばかりだというのに……先生がいるから音楽室に戻ってもいいけど、三人が同じ部屋にいるというのもまずい気がする。

「か、海琉！　こっち！」

辺りを見回した私が、海琉の手を引いて走ったのは、近くにあったトイレ。
一番奥の個室に入って、鍵をかけずにふたりで息を潜めた。
今、白い物がどこまで来ているかわからない。
だから、鍵をかける音が聞こえてしまうと、ここにやってくる可能性があったから。
「だから言ったんだよ。無駄話ばかりしやがって。何がノブリンだよ気持ちわりぃ」
散々な言われようだな、和田先生。
でも、和田先生は私達と違って、出口を探しているようには見えなかった。
もっとこう……他の物を探しているような。
そんな感じさえした。
そして、ポロンポロンとピアノの音が聴こえ始めた。
音がおかしいけれど、それでもこの廃校舎にはその不協和音が妙にマッチして。
鎮魂歌と言っていたけど、どちらかと言えば夜想曲《ノクターン》のような……。
「アヒャヒャヒャヒャヒャヒャヒャヒャヒャ‼」

そんな中、当然のように白い物の声が聞こえた。

いつもとは違う笑い方だけど、音楽室に向かっているのは間違いない。

「来た……息を殺せよ。わかったな」

「うん……」

震える身体を海琉に支えてもらって、口と鼻に手を当てて呼吸音も止めるように。

音楽室には先生がいる。

どこから白い物が来るかわからなかったからここに隠れたけど。

もっと大胆に、目の前の階段で二階に下りれば、もしかしたら逃げられたかななんて思っていた。

「アヒャヒャヒャヒャヒャヒャヒャヒャ！」

声が……トイレの前を通り過ぎた。

音楽室から鳴るピアノの音を目がけて走っているのだろう。

音楽室のドアを荒々しく開ける音が聞こえて……ピアノの音が止まった。

今のうちに逃げるべきか……それともここで安全になるまで待つべきか。

逃げたいと思う気持ちは強いけど、頭がボーッとして決断ができないでいた。

そんな時だった。

その声を聞いたのは。

「キミは……いや、待て待て！　何が……なんで！　ぎゃああああああああああっ‼」

和田先生が……噛みつかれたの？

ゆっくりピアノなんて弾いてるから逃げられずにいるんだよ。

「あぎゃ！　ぎゃああああああ！　げぶっ！　も、もう……ひぎゃっ！　ごふっ！　や、やべで……ぐほっ！」

その声に合わせて聞こえる、何かが折れるような音が聞こえて……私は違和感を覚えた。

少しして、和田先生の声が聞こえなくなった。

白い物に殺されてしまったのだろう。

早く逃げだすべきだったと後悔しながら、狭い個室の中で海琉とふたりで息を潜める。

「ア……アア、アアアァァ……ア……」

潰れたような声が、廊下の辺りで響いて、白い物が音楽室から出たのだろうというのがわかった。

足音が聞こえない。

動いているのか、立ち止まっているのかさえわからない。

もしかすると、このトイレに入ってくるかもしれないと、聞こえるであろう足音を聞こうと、全神経を耳に集中させる。

シンと張り詰めた空気。

私の心臓の音が一番大きく聞こえているんじゃないかと思うくらいに。

眠気で頭が回らなくて、判断力が大きく低下している状態。

どうすれば良いかなんて、私には全くわからなかった。

ただ、早くどこかに行ってと願うことしかできない。

しばらくして、あのピアノの音が聴こえ始めた。

何も言わなくても、私と海琉はホッと吐息を漏らして。

「危なかったね。もう少し遅れてたら、白い物に……」

私の肩を掴んでいる海琉にそう言いながら、振り返った時だった。

トイレの個室の上部。

私と海琉を醜悪な笑顔で見る白い顔が、そこにあったのだ。

「アヒャヒャヒャヒャヒャヒャヒャヒャ！」

「う、うおおおおっ⁉」

「きゃああああああっ！」

頭上から降り注ぐ狂った笑い声に、私も海琉も身をすくめて身動きが取れずに。

私はまだ良かった……その姿を見ていたのだから。

突然の声に身体が跳《は》ねた海琉はどれだけ驚いただろう。

それでも慌てて白い物を見る。

こんな手を伸ばせば届いてしまうような場所で動かれたら、間違いなく捕まってしまうから。

「か、海琉！　私が見てるから逃げてっ！」

「バ、バカにすんなよ⁉　若葉を置いて逃げられるかよ‼」

私の言葉を拒絶《きょぜつ》するように、海琉が振り返って白い物を見る。

ふたりで見れば、もしかしたらトイレから出られるかもしれない。

だけど……何かがおかしい。

私と海琉が視線を逸らさずに見ているはずなのに。

白い物は、ニタニタと笑いながら、ゆっくりと個室の上部を移動し、私に手を伸ばしてきたのだ。

「う、嘘……嘘嘘嘘嘘嘘嘘嘘嘘嘘嘘嘘嘘嘘っ‼　なんで⁉　なんで動いてるの⁉

ちゃんと見てるのにっ！」

「に、逃げるぞ若葉！　こいつはヤバい‼」

聞こえた海琉の声。

個室のドアから出ようとしたけれど……その白い手が、私の耳を掴んで。

ブチィッ！

という音と共に、熱い感覚が耳に走ったのだ。

直後に遅れてやってくる、身を裂く痛み。

「あああああっ‼　痛い！　痛い痛い！」

「し、しっかりしろ若葉‼」

その場に崩れ落ちて、ドクドクと血が流れ落ちる、耳があった場所に手を当てて。

ズキンズキンと脳に響く痛みに悶えることしかできない。

おかしい……こんなのおかしいよ！

視線を逸らさなかったのに……白い物が動くなんて！

いや、それ以前に私は気付くべきだったのかもしれない。

まだ……ピアノの音は聴こえているということに。

「アヒャヒャヒャヒャヒャヒャヒャヒャヒャ！」

笑い声を上げ、床に飛び下りた白い物が、海琉と私に手を伸ばす。

「うおっ！　なんなんだよこれ⁉　止まるんじゃなかったのかよ！　おかしいだ

ろ‼」

私をかばっていたためか、私達は腕を白い物に掴まれて。

グッと力が込められた瞬間、バキッと腕の中から何かが砕ける音が聞こえた。

「⁉　あ、ああ……あああああああああぁぁぁっ‼」

「ぎゃああああああああああっ‼」

私も海琉も、もう悲鳴を上げることしかできない。

白い物に掴まれた部分の骨が、次々と砕かれていって。

身体中の骨を砕かれた私と海琉は、今までにない激痛と苦しみにのたうつこともできなくて。

「は、早く……殺してよ……」

その言葉を出すことが精一杯だった。

その後は何をされたのか覚えていない。

いつ、どのタイミングで死んでしまったのかも。

ただ覚えているのは、生きるのが嫌になるくらいの苦痛だけだった。

シンナミネ

「ぬおおおおおおっ‼」

「わ、わわっ⁉」

突然耳元で聞こえた大絶叫に驚き、私は飛び起きた。

といっても、目を開けて床を転がるだけだったけれど。

床？

ああ、私は海琉の家で階段を上ろうとして、白い物がいたから……。

「ハァッ……ハァッ……くそっ！　なんだってんだよあいつ！　冗談《じょうだん》じゃねぇぞ！」

廊下で目を覚ました私と海琉は、汗だくで何があったのかを整理しようとしたけど、眠すぎて目を開けているのが精一杯だ。

「どうなったの？　私、耳を引きちぎられて、腕の骨を折られたまでは覚えてるんだけど……」

まるで、ついさっき折られたような痛みを、身体中に感じる。

「全身の骨を折られた……って感じだな。くそっ！　白い物は見てたら動かないんじゃないのかよ！」

壁を拳で殴りつけ、イラ立ちをあらわにする海琉。

確かに白い物は視線を逸らさなければ動かないはずだけど。

でも、今考えればおかしな点はいくつかあった。

まず、和田先生だ。

白い物は進波音という人で、見たことがあるはずなのに、あの悲鳴はまるで別人でも見たようだった。

それに、私達を襲った白い物。

ピアノの音が聴こえていたのに私達の前に現れた。

そして、その服装はセーラー服ではなくてブレザー。

不気味に歪んだ笑顔だったけれど……ハッとそれを理解した私は口を開いた。

「あの白い物……月菜じゃなかった？」

「早瀬だと？　んん……言われてみればそんな気もするけどよ。早瀬が白い物になったのか？　それにしても白い物を見てれば動きは止まるんだろ⁉　あいつ、平気で動いてたぞ！」

そんなこと言われたって私にはわからないよ。

でも、あのブレザーはうちの学校の制服だし、髪の長さとか顔のホクロの位置まで同じだったから。

「……違うんじゃないの？　今まで見てた白い物と、月菜の白い物は」

「そんなふざけた話があるのかよ……じゃあ、どうすりゃいいんだよこれ」

「学校に……行くしかないよ。和田先生が私達をどこに連れていこうとしてるかはわからないけど、先生を信じるしかないよ」

海琉の不安は痛いほどわかる。

視線を逸らさなければ動かない白い物は、その言葉通り、視線を逸らさなければなんとかなるはずだったのに。

それが通じない新たな白い物……月菜が現れたことによって、どうしようもない事態に陥っているのではないかと思ってしまう。

「私、一度家に帰るよ。制服が汗だくだし、着替えたいから」

「大丈夫かよ。待ってろよ、俺も一緒に行くからよ」

そう言って立ち上がった海琉は、二階に上がっていった。

すぐに服を着替えて戻ってきた海琉と一緒に家を出た私は、自宅に帰るために移動を始めた。

眠気に耐えながら、太陽の光を浴びて少しでも目を覚まそうと、動きを大きくしてみたりずっと話し続けたり。

それでもなんだか、やる気が起きないというか……倦怠《けんたい》感が身体を包んでいるようで、正直今すぐにでも眠りたい。

でも、眠ったところで眠気が取れないとわかっているから、気が狂いそうになる。

しばらくして家に着き、玄関で海琉を待たせて。

着替えを持って脱衣所に入った。

服を脱いで浴室に入り、シャワーを浴びる。

「寝ちゃダメ。寝ても、この眠気は取れないんだから我慢《がまん》して」

正面にある鏡を見詰めて、そう独り言を呟く。

そういえば、夢で月菜に殺されたけど、印が増えているわけではないみたいで。

身体中、どこを見ても昨日付いた印はなかった。

といっても、それまでに付いた印が消えてるわけじゃないんだけど。

「……いよ」

「うん？」

突然、耳元で何か声が聞こえたような気がした。

だけど、浴室には当然私しかいないし、気のせいかなと、ボディソープを手に取って身体を洗い始めた。

けれど、その声はまた聞こえて。

「……なさいよ。……ほら、もう寝なさいよ」

ハッキリと聞こえたその声に、正面の鏡を見ると……。

私の首にある人の顔の印が、ニタニタ笑って声を発していたのだ。

首だけじゃない。

左腕にある顔も、笑いながら何かを言っている。

その光景に、まるで背中に氷でも当てられたかのような寒気が走り、言葉にならない声が口をついて飛びだした。

「ひ、ひやあああああああぁぁぁっ‼　な、なになになになに⁉」

私の意思とはまるで関係なく動き、笑っている顔が気持ち悪い！

全身泡《あわ》まみれで腰を抜かし、浴槽《よくそう》にもたれて悲鳴を上げることしかできずに。

「ど、どうした若葉‼　何かあったか……」

ガチャッという音と共に開けられたドア、そして立ち尽くす海琉を見て、気味の悪い印を見せるべきか、裸《はだか》を見たことを怒るべきか。

数秒、時が止まったような感覚に襲われた後、私は海琉に洗面器《せんめんき》を投げつけて声を上げた。

「な、何ドアを開けてるのよ！　バカ！　変態《へんたい》！　最低っ！」

鍵をかけ忘れた私も悪いんだけど、何もいきなりドアを開けなくていいじゃない！

「お、おわっ⁉　いや、若葉が悲鳴を……外にも聞こえたから……す、すまねぇ！」

慌てて海琉がドアを閉める。

普段ならもっと早く、反射《はんしゃ》的に怒るんだろうけど……私も海琉も判断力が鈍っている。

だから、純粋《じゅんすい》に私を助けようとしてくれたんだと思いたいけど……よりによって裸を見られてしまうなんて。

恥ずかしくて海琉の顔を見られないよ。

あれは私が見たただの幻覚だったのか、それから印が動く気配はなかった。

海琉を待たせるのは悪いからと、急いで浴室を出た。

ドライヤーで髪を乾《かわ》かすのもそこそこに、服を着て外に出る。

念のため、リュックに下着と着替えを詰めて。

「お、お待たせ」

「若葉、本当に悪い！　俺はてっきり、また白い物にでも襲われたかと……」

「わ、わざとじゃないのはわかってるからね。今回だけは許《ゆる》してあげるよ。ここで喧嘩してても意味はないからね」

そう。普通の生活をしていて、こんなことがあったら喧嘩にでもなってるだろうし、顔も見たくないと思うかもしれないけど。

今、海琉は、悪夢から抜けだすために必要な仲間なんだから。

ふたりで歩く学校への道。

話題に上がったのは月菜のこと。

「でもよ、どうして早瀬は俺達をトイレの個室の上から見てたんだ？　見つけたならすぐにでも襲えば良かっただろうに」

「わかんない。振り返った時にはもういたし、確かにすぐは襲ってはこなかったね」

それは偶然なのか、他に何か理由があるのかはわからない。

でも、白い物がふたり……しかも、月菜に関してはノートに書かれていたルールが通じない。

出口を見つければ殺されずに起きられるけど、さらにそれが困難になったということだけは理解できた。

「やあ、待っていたよ。後は木之本くんと雛木さんか。キミ達はあれから大丈夫だったかい?」

学校に到着すると、和田先生ともうひとり。

スキンヘッドで、まるでボディビルダーのような筋肉《きんにく》モリモリの男性が、腕組みをして先生の横に立っていた。

「えっと……話すことがいくつかあって。その前に、その方は……」

「ああ、彼かい? 彼は丸山《まるやま》。僕の友達さ。今日、彼が車を運転してくれるんだ」

和田先生がそう言うと、丸山と呼ばれた男性は軽く頭を下げて。

第一印象は、無口な人だった。

「なんだよ。先生は車を運転できないんすか？　この件に関係ない人を巻き込むんすか」

「ははは……野澤くん。運転免許《めんきょ》の取得には〝両目での視力〟が必要なんだ。片目の僕にはそもそも運転はできないのさ」

昨夜、あんな悲鳴を上げて殺されたというのに、ずいぶん明るく話すものだ。

「先生、昨夜の白い物ですけど……」

「ああ、あれは波音ではなかったね。そう……キミ達のクラスメイトだった、早瀬月菜さんだったね。まさか彼女が悪夢の住人になるとは思っていなかった」

先生が悪夢を見ていた時は、そんなことはなかったのだろうか。

いや、早々に印を剥ぎ取ったから、その後の悪夢は見なかったのかもしれないけれど。

「あの白い物……早瀬は、ずっと見てても襲ってきたっすよ。どうなってんすか。あんなのどうしようもないすよ」

「そうだね。波音が来たと思ったら早瀬さんだった。全身の骨を折られるのは……本当に苦しかったよ」

先生にも何がなんだかわかっていない様子だから、これ以上月菜のことを聞いても仕方ないか。

こうして話をしていても眠くて、気を抜いたら眠ってしまいそうだ。

そんな中で、なんだか怒鳴るような声が聞こえ始めたのだ。

「離して！　離してよ！　あんたはなんで私にずっとつきまとってんのよ！　もうどこか行ってよ！　私にまとわりつかないで！　離して！」

摩耶の声……かな？

少ししゃがれているから、確実に摩耶だとは言えないけど、この感じはそんな気がする。

「ほら、落ち着けよ！　大丈夫だって言ったろ⁉　もうすぐ終わる……先生が、もうすぐ終わらせてくれるから！」

「あの気持ち悪い先生に何ができるってのよ！　離して！　私はもう寝たいの！　この眠気をなくしたいのに‼」

「だから！　今寝ても眠気はなくならないだろ！　寝たら殺されるだけだ！」

光星は、ずっと摩耶についてたのだろうか。

あんなに言われて、それでも必死になだめて。

自分だって眠いはずなのに。

和田先生も、その状況が良くないと思ったのだろう。

ワンボックスカーの後部座席のドアを開けて、光星に摩耶を乗せるように促した。

「思ったよりもずっとひどいな。俺達もいずれああなるのかもな」

暴《あば》れる摩耶を見て、海琉がボソッと呟いた。

「私は、海琉はもっと早くに暴れるかと思ったけど、意外と落ち着いてるよね」

「うるせぇ。俺は眠いと大人しくなるんだよ。暴れても疲れるだけだろ」

本当に予想外というか、一緒にいたらとばっちりを食らってしまうんじゃないかなと思っていたけど、海琉は全然大人しくて。

むしろ私のほうが、イライラして暴言《ぼうげん》を吐かないか心配だったくらいだ。

「これ以上騒がれると色々まずい。皆車に乗って。移動しながら話そうじゃないか」

摩耶が暴れているこの状況では、確かにそのほうが良いように思える。

私と海琉も後部座席に座り、先生が助手席に乗ると、車は動き始めた。

「ほら、大丈夫だから。落ち着いて……落ち着いて」

油断《ゆだん》すると暴れだしてしまいそうな摩耶の、頭を抱きしめるように撫でている光星。

もう、そうでもしないとどうしようもないくらい追い詰められてるのだろうな。

光星に抱きしめられて落ち着きを取り戻したのか、摩耶の呼吸音が静かになり始める。

まさか、寝たんじゃないのかと振り返って見てみると……。

「何見てんのよ！　文句あんの⁉」

と、鋭い目で睨みつけられて。

私は慌てて前を向いた。

あの大人しい摩耶が、こんなに変わってしまうなんて。

でも、光星がいることで落ち着いていられるなら良かったよ。

「で、先生は俺達をどこに連れていこうとしてるんすか。あんまり長時間車に乗ってると、ついうっかり寝ちまいそうなんすけど」

海琉の言う通り、この揺れは眠気を誘う。

「その前にひとつ聞きたいことがあるんだが。キミ達が昨日持っていた、早瀬さんのノートは今どこにあるかな？　木之本くんが持っているのかい？」

「い、いえ。昨日は確かに俺が持っていたんですが、いつの間にかなくなってしまっていて……」

「やはりね。波音のルーズリーフもそうだった。なんてことのないただの紙。それが呪物《じゅぶつ》となり、呪いを広める媒体《ばいたい》となったわけだ。これは、燃やすことも破ることもできない。つまり……これが全ての根源だと、僕は思っている」

えっと、頭が回らないから難しい話はわからないけど、月菜のノートも先生が言う呪物になっていて、それをどうにかしないとダメってことだよね。

「つまり、今からそのルーズリーフを探しにいく……ってことですか？」

「ああ。早瀬さんのノートもどうにかしなければならないが、波音のルーズリーフだってなんとかして処分《しょぶん》しなければならないからね」

その言葉を聞いて、やっとこの悪夢から抜けだせるかもしれないという実感が湧いてきた。

今までは、殺されないように、死なないようにただ生きているという感じだったから、それは大きな希望のように思えた。

「ああ……あああ……」

そんな中で聞こえた摩耶の唸るような声。

振り返ると、また怒られそうと思ったけど、恐る恐る振り返ってみると……摩耶は窓の外を見て、顔面蒼白で震えていたのだ。

「何怯えてんだよ摩耶。窓の外に一体何が……」

海琉もそんな摩耶が気になったのか、窓の外に目を向けると……私にも見える。

この車に併走《へいそう》して、白い物が満面の笑みを浮かべてこちらを見ている姿が。

「う、うおおおおっ‼ なんで！ なんで白い物がいるんだよ！」

「あ、あわわわ……か、海琉にも見えてるの⁉」

ガクンガクンと肩を上下に揺らし、猛スピードで走っている。

そして、手を伸ばして車を掴もうとしていた。

ビタン！

ビタン！

ビタビタビタン‼

何度も何度も車のガラスを叩き、頭部をガクガク揺らして。

「いやあああああああっ‼　来ないで！　来ないでっ‼」

「なんでこいつがいるんだよ！　俺は夢でも見てんのかよ！」

車の中はパニック状態。

そして、運の悪いことに、赤信号に捕まって車の速度がどんどん落ちていく。

「な、なんだ⁉　落ち着くんだキミ達。何が見えてるんだ……丸山、安全運転を頼むよ」

先生にはその姿が見えていないのか、私達と違って冷静そのものだった。

そして、完全に停車した瞬間。

白い物が後部座席のスライドドアを開けて、中に入ってこようとしたのだ。

「アヒャヒャヒャヒャヒャヒャ！」

「テ、テメエ！　入ってくるんじゃねぇっ！」

ドアの横に座っていた海琉が、白い物に向かって蹴《け》りを放つ。

そのおかげか、白い物は後方に吹っ飛んで道路に倒れた。

だが、ただ蹴り飛ばされただけではなかったようで。

「んぐうううううぅぅぅぅぅっ‼　痛てぇ！　痛てぇっ‼」

海琉の左脚《あし》の、膝から下がなくなっていて、車内に血が飛び散った。

「か、海琉‼　どうしようどうしよう！」

痛がる海琉を見て、私はうろたえるだけで何もできなかった。

「落ち着きなさいキミ達‼　一体何を騒いでいるんだ！」

和田先生が私達を見て、慌てたように声を上げた。

その声で、何か夢から覚めたような感覚に包まれて……スライドドアは開いていないし、海琉の脚も何事もなくそこにあったことに気付いたのだ。

「あ、あれ？　脚がある。危ねぇ……持っていかれたかと思ったぜ」

安堵し、額にジワリとにじむ汗を手で拭った海琉。

私も摩耶もホッと胸を撫で下ろす。

「ごめんなさい。車の外に白い物がいたんです。それで、海琉の脚が千切《ちぎ》られて。でも、私達の見間違いのようです」

「幻覚を見始めたんだね。睡眠不足に加えて、気が狂いそうになるほどの恐怖を味わっているんだ。無理もない。必ずこの悪夢が終わると信じて、頑張るんだよ」

私と海琉はまだ大丈夫だと思うけど、問題は摩耶だ。

光星が押さえつけてくれていないと、暴れだしそうで心配になる。

こんな状況なんだから、仲間内で喧嘩をしてる場合じゃないと思うけど、摩耶自身、自分ではどうしようもないんだろうな。

あまりの恐怖で我を忘れているというか。

私がそうならないのは……。

「ん？　なんだよ」

「んーん。なんでもない」

チラリと海琉を見ると、不機嫌そうにそう言われてしまった。

しばらくして、眠気もピークに達しそうになった時、車は止まって先生が外に出た。

私達もそれに続いて外に出ると、目の前には「関係者以外立入禁止」と書かれた看《かん》板《ばん》がかけられている門。

「さあ、着いたよ。ここがキミ達が夢に見ていた廃校舎……僕と波音の母校《ぼこう》だ」

その言葉を聞いて驚く私達。

特に摩耶の驚きようはひどくて。

「な、なんでこんな所に連れてくるのよ！ わかった！ 初めて会った時から怪しいと思ってたんだ！ 私達をここに連れてきて、白い物に生贄《いけにえ》にでもしようと思ってるんでしょ！ そうはさせないから！ 殺される前にあんたを殺してやるんだから！」

もはや摩耶ではないような表情を浮かべて、光星の手を振り切って和田先生に飛びかかった。

でも……摩耶は和田先生に危害を加える前に、身体を抱え上げられて、宙《ちゅう》でジタバタともがくだけ。

運転をしてくれた丸山さんが、摩耶を止めてくれたのだ。

「ありがとう丸山。僕は大丈夫だから。雛木さんを放してあげてくれないか」

「……ノブリンがそう言うなら」

そう言って摩耶を放すと、腕組みをして摩耶を見下ろした。

何をしようと、和田先生に手出しはさせないという雰囲気が漂っていたけど、私が驚いたのはそこじゃない。

本当に、和田先生はノブリンと呼ばれていたんだということだった。

「なんか凄かったな。先生より頼りになるんじゃねぇか？　丸山さん」

「あ、ああ。やはりあの肉体を作り上げるくらいだ。ストイックに筋肉をいじめ抜いたんだろうな。男なら一度は憧《あこが》れる肉体だ」

男子ふたりは、丸山さんの行動に感動すらしているみたいだ。

確かに凄いとは思うけど、私にはその良さはわからない。

摩耶も丸山さんには敵《かな》わないと悟《さと》ったのだろう。

少し落ち着いたようで、光星の隣に戻った。

「ここはね、県立高校の統合《とうごう》で、廃校になった高校なんだ。母校が廃校になったなんて寂しい気もするけど、波音の怨念はまだ生きているのだろう。呪物となったルーズリーフを見つけて処分する。それで波音から始まった呪いの夢は終わると信じたい」

そう先生は説明した。

色々不安はあるけれど、ただ眠気に耐えて、殺されるだけに比べたら、この悪夢が終わるかもしれないというのは大きな希望だ。

「摩耶、きっともうすぐ終わるよ。終わったらゆっくり寝よう。それまで頑張らなきゃ」

また暴言を吐かれるかなと思ったけれど、私の言葉で今にも泣きだしそうな表情に変わって。

「本当に……本当に終わるの？　寝てもあの夢を見なくて済むの？　だったら、私も頑張るよ」

そう言って、大粒《おおつぶ》の涙をひとつ流した。

「じゃあ行くよ。丸山は車で待機《たいき》していてくれ。いつでも出せるように」

和田先生の言葉に、丸山さんがコクリと頷く。

「な、なんだよ。丸山さんは来ないのかよ。いざ先生だけってなると……頼りねぇな」

海琉が独り言みたいに呟くけれど、その声は和田先生に聞こえていたみたいで、ハッという乾いた笑いが聞こえた。

校門の横、駐車場の横にあるバリケードの隙間を通り抜け、校舎に向かう。

どうやら来客用と思える玄関の前まで来て、校舎の中を見ると……なるほど既視《きし》感がある。

ここが、夢で見た廃校舎だというのがわかる。

「このガラスが割れてる場所から入るよ。ドア枠には触れないようにね。警備《けいび》システムがまだ生きてるかもしれない」

「マジすか……捕まったらヤバいんじゃないすか？」

「まあ、確かにまずいかもしれないね。だけど、呪物を見つけなければ、僕達はいずれ死んでしまうんだ。四の五の言ってられないよ」

ガラスが割れたドア枠をくぐり、校舎の中に立ち入った私達。

シンと静まり返ったその空気は、確かに夢の中で見た廃校舎と同じ空気がした。

つまりそれは、白い物がいるという確かな感覚だった。

「で？　どこにあるんすか、そのルーズリーフは」

「いや、僕にもわからないんだが。この学校の中のどこかにあることは確かなんだ。早瀬さんのノートがいつもどこにあるか……キミ達ならわかるだろう？」

月菜のノートは、いつも月菜の机に戻っていた。

つまり、進波音のルーズリーフも、進波音が使っていた机の中にあるってこと？

「この広い校舎で、ひとつの机を探さなきゃならないのか。骨が折れるな」

「光星、私怖いよ」

「大丈夫、俺がついてるから。な？」

摩耶があんなになって、それでも光星は見捨てずにずっと付いていたのだろう。

だから、暴言を吐いていても、根っこでは光星を信用しているんだろうな。

「んじゃあ、手分けしてその机を探すか？　夢の中じゃ、机なんてほとんど見なかったけどな」

「いや、バラバラになるのはまずい。キミ達はふたり一組で動いてくれないか。僕はひとりで大丈夫だからさ」

そうなると、もう組み分けは決まってるんだけど。

「何言ってんすか。先生が一番頼りねぇっすよ。光星と摩耶はふたりのほうが良いだろ。俺は若葉と先生を面倒《めんどう》見るからよ」

「ああ、俺はそれでいい。見つけたら連絡をくれ」

「え？　あの……どう見ても僕が面倒を見るほう……あれ？」

先生の小さな訴《うった》えを無視し、私達は校舎の中を歩き始めた。

まずは、音楽室がある校舎から調べようとのことで、私達は西側から、光星達は東側から移動。

「こうして移動してる最中も、教室の中を見るんだよ。机があるかもしれない」

「言われなくたってわかってるっすよ。それより先生、ルーズリーフを見つけたとして、どうやってそれを処分するんすか？　寺とか神社に持っていって、お祓《はら》いとかしてもらうんすか？」

ジャリジャリと、足元に散乱するガラスや崩れ落ちた天井のかけらを踏みつけて歩いている中、海琉が先生に尋ねる。

「いや、正直に言うと、どうすれば良いかは僕にもわからないんだ。波音にしても早瀬さんにしても、僕達の前に現れるということは成仏《じょうぶつ》できていないってことだから。呪物に魂を囚《とら》われているとでも言うべきなのかな。その呪いの鎖《くさり》を断ち切ってやればば……」

「そ、そんな。じゃあ、ルーズリーフを見つけても処分する方法がないってことなんですか？」

私の質問には答えない。

多分だけど、ここで「方法はない」とでも言ってしまうと、今、ここでルーズリーフを探している状況ですら意味がないものになってしまいそうだから……じゃないかな。

無言のまま歩いて、音楽室がある三階にやってきた。

夢の中と違うのは、蜘蛛の巣がないことだ。

「ここまで机がないと、探すのも楽だな。てか、本当に机なんてあるのかよ」

廊下から教室の中をチラリと覗くだけでも、そこに机があるかどうかは見ることができる。

「必ずあるはずだ。ルーズリーフが呪物と言ったね。ならば、それが入っている机も、なんらかの呪いの影響《えいきょう》を受けているはずだ。この学校のどこかに残っている。僕はそう思う」

「た、頼りねぇ……それって先生の勘《かん》じゃねーっすか」

「案外、この勘ってやつが大事なんだよ」

和田先生って、こういうところがあるよね。

夢の中でも、かっこいいこと言ってピアノを弾いていたのに、あっさりと月菜に殺されて。

でも、ここまで来たんだから、何も得られないというのは勘弁して欲しい。

「ところでキミ達は眠気は大丈夫かい？　どうやら雛木さんは限界のようだけど」

「いやいや、大丈夫なわけないっすよ。もう、いつ倒れてもおかしくないくらい眠いっすよ」

「はい、必死に何か考えてないと、瞼が閉じてしまいそうです」

お腹は気持ち悪いし頭は痛いし、身体はふわふわして目もかすむ。

そして幻覚まで見るなら限界だと思えてしまうよ。

「まだ冷静に自身を分析できるなら大丈夫さ。野澤くんと神崎さんは強いみたいだ。心が弱ければ、とっくに壊れているよ」

この状況でそう言われても、まだまだ頑張れと言われているようでうれしい気はしない。

少し歩いて、音楽室の前までやってきた。

夢の中と同じく、開いたドアが私達を誘っているかのよう。

そして、私達が音楽室に入った時……不思議な光景が私の目に飛び込んできたのだ。

「え？」

廃校舎とは思えない綺麗な音楽室。

ピアノの前には、セーラー服の女生徒。

窓の外を見ながら、ポロンポロンと鍵盤を弾いていたのだ。

「そ、そんな……な、波音？」

和田先生がポツリと呟いた直後、私達に気付いたのか、女生徒がこちらを見て満面の笑みを浮かべたのだ。

「和田くん、待ってたよ。早くこっちに来てよ」

うれしそうにこちらに手を伸ばす女生徒に、和田先生が一歩踏みだして、手を伸ばす。

だけど、その言葉は和田先生にかけられたものではないことに気付く。

「ごめんごめん。補習《ほしゅう》がなかなか終わらなくて。で？　どこまでできた？」

「まだ全然。良いメロディが浮かばなくて」

和田先生がいた場所から、若い和田先生らしき男子生徒がピアノに駆け寄って。

女生徒と仲良さげにピアノに向かった。

「な、なんだよこりゃあ……俺はまた幻覚でも見てんのか？」

「そ、そうだね。幻覚……うん。これは幻覚だ。波音が生きていた頃、小さな幸せを感じていたあの時のね。やはり、この校舎にはまだ波音が生きているんだ」

ふたりを見ていると、胸が暖《あたた》かくなると言うか……和田先生は〝小さな〟と言ったけど、とても幸せそうで。

フッと小さく笑った和田先生は、ふたりがいるピアノに近づいて。

女生徒の背中を覆うように鍵盤に手を伸ばした。

「波音、キミなら浮かぶだろう？　キミと僕を繋いでいるあのメロディが」

そう言って、和田先生は鍵盤を弾き始めた。

「……あ。浮かんだかもしれない。こんなのどうかな、和田くん」

女生徒が弾いたメロディは、まだまだ粗削りだったけれど、確かに先生が弾いたそれと同じものだった。

「良いじゃないか。うん、綺麗なメロディだ」

喜ぶふたりを見ながら、和田先生も微笑む。

たったこれだけ。

その幻覚がスーッと消えて、私達の目の前にはボロボロの音楽室が現れた。

「今のは……なんだったんだ？」

「さあ……なんだろうね。波音の意思があるとしたら、どうして僕にこんな幻覚を見せたんだか」

和田先生は少し寂しそうに、でもうれしそうに笑みを浮かべている。

「今の、白い物ですよね？　先生が言ってた進波音さん」

「ああ、そうだよ。もっと僕が彼女を支えてあげられれば……こんなことにはならなかったのかもしれないね」

そう言いながら教室を見回し、私達の背中を押して音楽室を後にする。

「本当に机なんてあるのかよ。どこにもそんなの見当たらねぇよ」

「うん、学校に机がないなんて不思議だけど」

廃校になるなら、ピアノが置いたままというのも違和感があるけれど。

普通なら真っ先に運びだされそう。

「ふむ……夢の中で見たことはないかな？　僕は昨夜見たばかりだから、あまり調べてなくてね」

「いや、ここに連れてくるつもりだったなら、調べて欲しかったっすよ。それに、机なんて……あったか？　若葉」

思い出すのが面倒なのか、いきなり話を私に振る。

「え、えっと……机、机。そんなのあったかな。そもそも私達は出口を探してたから、机なんて気にして見てない……ってあれ？」

いや……思い出した。

私、確か学校で居眠りした時に、夢の中で目を覚ました時に机に突っ伏していたような。

「机、あったのかい？」

「えっと、向こうの校舎の一階の教室だと思うんですけど……」

そう、指をさして私が言った時だった。

背後で、ドサッという音が聞こえたのは。

瞬間、感じる言い知れぬ不穏《ふおん》な空気と、おぞましいまでの寒気。

それを感じたのは私だけではなかったようで、同じタイミングで海琉と和田先生も振り返る。

だけど……。

そこには何もいなかった。

なんだ、気のせいか。

こんな廃校舎にいたら、そりゃあちょっとした物音でも怯えてしまうよね。

そう思い、振り返って廊下を歩こうとしたけれど、私は勘違いしていた。

確かに感じた不気味な気配があったことを。

私の正面……逆《さか》さまに吊《つ》るされたような状態で、白い物の醜悪な笑顔が……私に向けられていたのだ。

「あ……」

声を出す間もなかった。

白い物の手が私の頭部を掴み、その口が私の左目に噛みついた。

凄まじい力でバキバキと音を立てて、顔の骨が噛み砕かれるのがわかる。

左の眼球が、ドゥルンと白い物の口の中に入り、神経が噛み千切られる！

「あ、あああああっ!!」

「わ、若葉っ!!　や、野郎っ！」

白い物から離れた私と入れ替わるように、海琉が白い物に殴りかかった。

でも、その右の拳さえも白い物は掴み、食らいついたのだ。

バキバキと音を立て、海琉の三本の指が噛み千切られた。

「ぎゃあああああっ！」

「いやあああああっ!!」

悲鳴を上げる私と海琉。

そんな中で、和田先生がドンッと音を立てて床を踏み鳴らした。

途端に白い物は消えて……私の顔と、海琉の手は元通りになっていたのだ。

「だ、大丈夫かい？　ふたりとも。思いつきでやってみたけど、上手くいったようだね」

「くっ!!　こんなの大丈夫なわけねぇだろ！　幻覚だってわかってても……超痛てぇよ！」

私は……本当に死ぬかと思った。

ハァハァと、荒い呼吸をするしかできなくて。

左目で景色が見えることが未《いま》だに信じられない。

「ほら、神崎さんも立って。早く行こう、机があった教室に」

目の前に差しだされた和田先生の手を、無言で掴んで。

引き起こされた私は左目を押さえたまま歩きだした。

昨日、唇を噛まれて皮膚を剥がされたけど、その時とは痛みのレベルが段違いだ。

摩耶が……おかしくなってしまうのもわかるよ。

どうしよう、怖い。

ここまで来たんだから、どうにかして進波音の呪いを解かなければと思うけど……

もう、死に対する恐怖が限界を超えてしまいそう。

眠気も相まって、身体が動かなくなりそうだ。

そんな私を見て何かを感じたのか、海琉の手が私の頭に置かれた。

「行こうぜ。若葉の横には俺がいる。お前だけじゃねぇから、心配するな」

前に進めなくなりそうな私に、それを見透かしたような海琉の言葉に、私はどれだけ救われたか。

「う、うん。ありがとう」

震える足を前に出して、ゆっくりと廊下を歩きだした。

「いいね。青春だね。僕も波音にそんな言葉を伝えられていたら……」

「うるせぇな！　こっちは気が立ってんだ！　さっさと行くぞ先生よ！」

助けてくれたのは先生なのに。

申し訳ないと思いながらも、私は例の教室に向かって歩いた。

階段を下りて二階。

今、光星と摩耶はどこにいるのかと思いながら、私達は廊下を歩いた。

「どうする、光星達を呼ぶか？」

「いや、神崎さんが言う場所にある机が、波音の物とは限らない。どこにいても危険はあるんだ。彼らは彼らで探してもらおう」

聞きようによっては冷酷《れいこく》に聞こえなくもないけど、私達は無許可でここに立ち入っているわけだから、早めに済ませたいという想いは強い。

私達が襲われたんだから、光星達も襲われる危険性はあるけれど。

もう、自分のことで精一杯で、人のことを心配していられる余裕は私達にはなかった。

私が夢で突っ伏していた机、その教室。

そこに移動した私達は、廊下からでもその存在感がわかる。

「うん……どうやらあれに間違いないようだ。ここからでも、不気味な気配がわかる」

「じゃあ、さっさと回収しようぜ。皆もう、精神状態はズタボロだろ。俺だってどうなるかわかりゃしねぇ」

和田先生を押し退《の》け、教室に入った海琉は机に近づき、その中から一枚のルーズリーフを取り出した。

「ん……早瀬のノートの不気味さとは比べ物にならねぇ。やべぇ感じがビシビシ伝わるぜ。持ってるのがヤバいくらいによ」

それを持って私達の前に戻ってきた海琉。

「何年も……色あせることのない怨念がここに宿っているんだ。最近呪物となった早瀬さんのノートとは、比較にならないだろうね。よし、木之本くん達を呼んで校舎から……」

やっとこの廃校舎から出られる。

そう思って安堵した私の目の前。

背を向けている海琉には見えていないけれど……私と和田先生にはそれが見えてい

た。

「あ？　どうしたんだよ。一体何が……」

海琉が振り返った。

つまり、それを見てしまったということだろう。

窓の外……窓いっぱいに広がるとてつもない大きな白い顔が教室の中を覗き込むように、そこにあったのだ。

「ぎゃあああああああっ‼　で、でかいっ！　こんなの初めてだっ‼」

驚く私と海琉よりも先に声を上げたのは和田先生。

恐ろしい笑顔を浮かべ、目をギョロギョロと動かして私達を見詰める巨大な顔。

それに弾かれるようにして私達は駆けだした。

「くそっ！　顔だけでこの大きさだったら、全身はどれだけでかいんだよ！　おい！　逃げるぞ……っと、その前にあいつら呼ばなきゃならねぇか」

玄関のほうに走りながら、スマホを取り出した海琉。

「なんだよ……マジかよ‼　圏外《けんがい》とか、今の世の中にあるのかよ‼」

「だ、だったらふたりを呼びにいかないと！　あのふたりを放っておけないよ‼」

怖い……怖くてたまらないけど、ここでふたりを見捨ててしまうと、私は絶対に後悔してしまうと思ったから。

私だけじゃない。

光星も摩耶も怖いのは同じで、それでも生きるために必死にもがいているのだから。

「ぼ、ぼ、ぼ、僕は丸山の所に戻って、いつでも出られるようにしておくよ！　早く戻ってくるんだよ‼」

そう言うより早く、和田先生は来客用玄関へと一直線に走っていったのだ。

「あ、あのクソ野郎‼　生徒を置いて自分だけ逃げやがった‼　後で覚えてやがれ‼」

頼りになるのかならないのか、全くわからない先生だ！

だけど、今文句を言っていても仕方がない！

玄関を通り過ぎ、階段を駆け上がって二階に。

音楽室がある校舎から調べるという段取りだったから、もしかすると今頃音楽室の近くにいるかもしれないけれど。

「うおおおおおおおおい‼　光星‼　摩耶‼　戻ってこい‼　ここから出るぞ‼

逃げるぞ‼」

二階に着くなり、海琉が大声を張り上げてふたりに呼びかけた。

隣にいた私はそのあまりの大音量に思わず耳を塞ぐ。

「な、なんて声を出してんのよ！」

「小さな声で聞こえるかよ‼　こっちだってやべぇんだ！」

辺りをキョロキョロと見回し、光星達の声がどこから聞こえるか確認しているのだろう。

だけど、渡り廊下の奥。

正面の廊下のつき当たりに突然、廊下を埋め尽くすほどの大きな白い顔が現れて。

気味の悪い笑顔を浮かべながら、こちらに向かって迫ってきたのだ。

「ひ、ひいっ！」

「バカ！　逃げるぞ！」

私の手を引き、音楽室がある校舎のほうへと海琉は駆けだした。

渡り廊下を渡り、最初の階段を駆け上がる。

逃げなきゃいけないのに……私達は逃げにくい場所へと追い込まれていった。

「くそっ！　どうすりゃいいんだこれは！　あれは幻覚か⁉　それともマジもんのヤバいやつか⁉」

「そんなのわかんないよ！　幻覚でも捕まるのはやだよ！」

あれに捕まれば、どうなるかくらい想像がつく。

間違いなく食べられてしまうだろう。

それが幻覚だとしても、何度も何度も死ぬほどの痛みを味わいたくなんてないから。

「うおいっ‼　どこだよ光星‼　どこにいやがる‼」

三階で呼びかけても返事はなくて。

「あっ！　海琉、ほらあそこ‼　光星達がいるよ！」

私達が走ったのとは別の渡り廊下。

そこをふたりで走っている姿が見えた。

きっと、海琉の声を聞いて玄関に向かっているのだろう。

「返事をしろよあの野郎‼　そしたら俺達がここまで来なくて済んだのによ‼」

「でも、玄関に向かってるのがわかって良かった！　後は私達が逃げれば良いだけだよ！」

「若葉みたいにポジティブにはなれねぇ。むかっ腹が立ってしょうがねぇぜ！」

その気持ちはわからなくもないけど。

逃げるにしても、今来た階段は危ない。

「早く逃げよう。海琉、あっち！」

目の前の廊下を指さして、私と海琉は走りだした。

左右に教室がある廊下。

その途中まで移動した時、フッと辺りが暗くなって。

どうして暗くなったんだろうと思うより先に、それが目の前に現れた。

正面から、大きな顔が迫ってきていたのだ。

「う、うおおおおおっ⁉」

「きゃああああああっ‼」

走っていて、急に止まれるはずがないし、引き返せるはずもない。

それでも何とか今来た道を引き返そうと、振り返った瞬間。

私と海琉はその巨大な顔に噛みつかれて。

腹部に激痛が走って、私と海琉の上半身と下半身が分断された。

廊下に倒れ込んで、死を間近に感じるほどの痛みに声も出せずに。

このまま死んでしまうんだと理解しそうになった瞬間。

「あああああっ‼　ド畜生《ちくしょう》があああああっ‼」

海琉が耳元で吠《ほ》えて、床に拳をドンッと殴りつけたのだ。

その直後、私の下半身に感覚が戻った。

脚がある……動く。

でも、腹部に感じた死ぬほどの痛みと気持ち悪さに、私は胃から何かが逆流《ぎゃくりゅう》する感覚に襲われて、廊下の隅に黄色い液体《えきたい》を吐いてしまった。

「はぁ……はぁ……も、もう嫌だ‼　なんでこんな目に遭わなきゃならないのよ！」

口をついて出た言葉。

苦しさと痛みと、自分が置かれている状況に耐えられなくなって、ついに私は涙を流しながら弱音《よわね》を吐いてしまった。

「泣いてても仕方ねぇだろ！　若葉が嫌だって言っても、俺はお前を連れていくからな！　こんな所にいるほうが嫌だろ！」

私より早く起き上がり、私を抱えるようにして起こす。

選択肢なんて私には与えられていない。

逃げなければ、あの白い物にいたぶられるだけ。

海琉の言葉に応じることも、拒否することもできずに、手を引かれて走るしかできなかった。

もう何度も、死とそれに準ずる苦痛を味わった。

あとどれくらいこの苦しみを味わえば良いのかと、生きているのが嫌になる。

「海琉、私辛い……痛いよ！　苦しいよ！　もう……」

そこまで言った時、私の手をギュッと握り締めて。

「それ以上言うんじゃねぇ‼　俺だって痛てぇし苦しいし、死んだほうがマシなんじゃねぇかって思うぜ！　でもよ、死んだらお前に会えねぇじゃねぇかよ！　俺が生きたいって思えるのは、お前がいるからなんだよ！　だから、死にたいなんて絶対に言うな！」

本当に海琉も苦しいのだろう。

涙声でそう訴えた海琉に、私は何も言えなくなった。

渡り廊下を抜け、階段を下りて。

来客用玄関へと走った私達は、そこにいた和田先生に駆け寄った。

「無事だったかい⁉　木之本くんと雛木さんはもう外に出たよ！　早くキミ達……ぶふぉっ⁉」

両手を広げて、私達を迎えてくれた和田先生に、海琉が容赦《ようしゃ》のないパンチを見舞《みま》う。

ゴロゴロと床を転がり、頬を押さえてのたうつ和田先生に、海琉が声を荒らげる。

「ふざけんじゃねぇぞこのクソ教師が‼　本当に死ぬかと思ったんだぞ！　あぁ⁉」

「い、痛い……痛いよ野澤くん！　まさか殴られるなんて思わなかった！」

「自業自得《じごうじとく》だ、ボケッ！」

その気持ちはわからなくもないけど……今はそんなことをしてる場合じゃないんじゃない？

いつ、どこから白い物が現れるかわからないし、逃げるなら早く逃げたほうが……。

そう思いながらチラリと背後を振り返って見ると。

私達の後ろ。

廊下のつき当たり。

そこに、いつもの白い物が、歪んだ笑顔を私達に向けて立っていたのだ。

「ひっ！」

私の小さな悲鳴で気付いたのか、和田先生が頬を押さえながら起き上がった。

「このルーズリーフ……燃やそうとしても破ろうとしても意味がなかった。僕にはどうすれば良いかわからない。だけど、僕がここにいた理由は、キミ達を助けるためさ」

白い物と対峙《たいじ》し、ルーズリーフを見せつけるように前に掲《かか》げた和田先生。

「おい！　何してんだ先生！　俺が殴ったからってかっこつけなくて良いんだぜ⁉︎　さっさと逃げるぞ！」

「僕は……もう逃げない！　悪夢からも、波音からも！　考えていたんだ。早瀬さんのノートに書かれていた最後の項目。『これは元の場所に還さなければならない』という意味を」

そういえばそんなのがあったような気がする。

でも、私達がノートを机に戻さなくても勝手に戻ってるし、そのルーズリーフだってそうじゃないの？

「この意味……僕なりに考えてみた。それは恐らく、呪いの起源である波音に還すことで、悪夢が終わるんだってね！　さあ波音、僕の所においで」

そう言って、和田先生はスッと視線を横に向けた。

途端に両肩をカタカタと揺らし、恐ろしい速度で和田先生へと接近する白い物。

そして。

再び和田先生が白い物に視線を戻して。

眼前に迫る白い物の顔に当てるように、ルーズリーフを押しつけたのだ。

途端に、パンッと弾けて、黒い霧《きり》のような物が私達の後方へと駆け抜けた。

今までとは違う、四散《しさん》した白い物。

その直後、まるで長い悪夢から覚めたような、清々しさを感じた。

「波音……僕を許してくれ。キミを救えなかった、弱い僕を」

和田先生の目から一筋の雫《しずく》が流れた。

「う、うおお……マジかよ先生。白い物が消えたぞ。本当かよ……本当に終わったのかよ⁉」

目の前で起こったことが信じられないといった様子で、海琉が和田先生の身体を揺すった。

私だって信じられない。

「ぼぼ、僕の予想が当たったようだね。きっと早瀬さんも、この方法で対処できるはずだよ。呪いは主に還る……それが、この悪夢を終わらせる方法だったんだ」

和田先生のその言葉で、もうあの悪夢を見なくて済むんだと思ったら、今まで張り詰めていた緊張が、急になくなったような気がして。

「良かったぁ……良かったよ。本当に……あああっ！」

私はその場に座り込んで、声を上げて泣きだしてしまった。

恥ずかしいとかいう感情はなかった。

ただ、やっと悪夢から解放されるんだという安堵感から、涙があふれてしまったのだから。

「気が早いだろ若葉。まだ早瀬が終わってないんだぜ。でも、やっとって感じだな」

泣きじゃくる私の頭を撫でて、海琉も顔をくしゃくしゃにして喜んでいた。

もうすぐ全てが終わる。

ゆっくり眠れるようになるんだと、それだけで世界が変わったような気さえしたから。

来客用玄関のドアを抜け、校門の前で待っている三人の所に戻る。

「海琉！　人に逃げろと言っておきながら、お前は中に残っているとはどういう了見《りょうけん》だ！」

「うるっせぇな！　テメェが返事しねぇから探しにいったんじゃねぇかよ！」

「なにぃっ⁉　俺のせいだって言うのか⁉」

こんなやり取りも、なんだか海琉の顔は少し楽しそうで。

あの悪夢を見ていた時のような殺伐《さつばつ》とした空気はなかった。

「良く頑張ったね。もうすぐだ、もうすぐこの悪夢から抜けだせる。だから、あと少しだけ頑張るんだよ、雛木さん」

和田先生も、摩耶を励《はげ》ますように優しい口調で。

「あと少し……あと少しで終わるんですね。良かった……死ななくて良かった」

廃校舎の中で何があったかを話すと、皆安堵したようで。

和田先生が白い物にルーズリーフを突きつけて、進波音の呪いを終わらせたということを知り、同じ手段で月菜の呪いも終わらせることができるはずと、希望が生まれたのだ。

「……もう行きましょう。ノブリン」

「あ、ああ。悪かったね丸山。じゃあ、朝に集合した学校まで頼むよ」

和田先生がそう言うと、丸山さんは小さく頷いて。

私達は車に乗り込んだ。

「だけどよ先生。呪いの根源の、進波音のルーズリーフを処分すれば終わるんじゃなかったのか？　それなら早瀬のノートはもう大丈夫なはずだろ」

車に揺られながら、猛烈な眠気に耐えつつ、海琉と先生の話に耳を傾ける。

「うん。そう思うんだけど、早瀬さんのノートは〝呪いのコピー〟だ。もしかすると、呪いの根源がなくても効力《こうりょく》を発揮《はっき》してしまうかもしれないと思ってね。念のためだよ。キミ達だって嫌だろう？　安全だと思って眠ったら、まだ悪夢が続いていた……なんてさ」

「いや、まあ確かにそうだけどよ。あー、早く寝たいぜ。この眠気とおさらばできるって考えたら、もう少しくらい何とかなりそうな気がするな」

大きなあくびと伸びをして、目をこする海琉。

「油断するなよ海琉。お前は気を緩《ゆる》めると失敗するタイプの人間だからな。最後まで気を抜くな」

「チッ。わかってるようるせぇな。お前は俺の親父か何かかよ」

そんなやり取りを、クスクスと笑いながら見ている。

ここ数日は本当に笑えなかったから、こんなくだらないことでも笑顔になってしまうよ。

月菜のノート。

私達の悪夢の、全ての始まりであるノート。

それを月菜に還せば……やっと終わるんだ。

強烈な眠気になんとか耐えて、私達が通う学校へと戻ってきた。

車から降りて大きく伸びをして、力いっぱいの深呼吸《しんこきゅう》。

「後は早瀬のノートで、それを還せば終わりだ。今までのことを考えれば簡単な作業だぜ」

「早く行こうよ。明日は絶対に一日寝てやるんだから。月曜も眠かったら学校をサボって寝てやるんだ！」

摩耶も、やつれているけれどどうれしそうにそう言って。

「私は……お腹空いたな。食べ物を食べると眠くなるから、全然食べてないよ」

意識すれば、お腹がグゥッと音を立てそうな気さえする。

もう既に胃の中が空《から》っぽで、お腹が鳴りもしないんだけどね。

「じゃ、さっさとノートを回収してくるか。まだ終わってねぇことを、ぐだぐだ話してても仕方ねぇからよ」

意気揚々《ようよう》と、学校の中に入っていこうとする海琉。

だけど、丸山さんが海琉に近寄り、その肩をグッと掴んだのだ。

「あん？ なんすか丸山さん」

「坊主《ぼうず》。お前、良い身体をしているな。己《おのれ》の筋肉を目覚めさせたくなったら、ここにいつでも連絡しろ」

無口だった丸山さんが、満面の笑みで海琉に名刺を渡した。

「いや、えっと……はぁ」

丸山さんの誘いに、海琉もどう返事をすればいいかわからない様子で、頭を掻いて苦笑いをするしかなかった。

土曜日の学校。

部活のために登校している生徒が多いから、私達が入っても問題ない。

「あった。やっぱりここかよ。光星が持ってたのにここにあるなんて、呪物だって言われても納得しちまうよな」

花が置かれた月菜の机。

その中からノートを取り出して、海琉がパンッとその表紙を叩いてみせた。

「早く出よう。私服で学校にいることが知られれば、先生に怒られてしまうからな」

光星の言う通り、制服を着てこなければ校舎に入ってはならないと、一年生の時に先生に言われたような気がするよ。

「そんなの大丈夫だぜ。だってよ、その先生が黙認《もくにん》してるんだぜ？」

「は、はは……和田先生もここの先生だったね。でも、光星の言う通り、のんびりしてても仕方ないでしょ。外に出よう」

あの廃校舎とは違う。

あそこに出たのは進波音の幽霊だけで、月菜は姿を現さなかった。

だからといってこの学校に現れるのかと言えば……疑問だ。

「早瀬が出ねぇと、ノートを還すこともできやしねぇ。さて、どうすっかな」

廊下に出て、生徒玄関に向かう。

「じゃあ、月菜が現れるのを皆で待つっていうのはどうかな？　正直どこに出るかもわからないし、ノートを持ってない人の所に出ても意味がないわけだしさ」

「なるほどな。　若葉の言う通りかもしれない。だが、どこで待つ？　日中なら良いが、夜になったら外でってわけにはいかないぞ？」

光星にそう言われて、どこかいい場所がないかなと考えた私は……チラリと海琉を見た。

「チッ。　結局こうなるのかよ。　ふざけんじゃねぇぞ、全く」

昼に月菜が現れるのを待っていたけれど、こういう時に限って現れなかったから。

夕方になり、私達は海琉の家にやってきた。

「いやあ、僕まで悪いね。でもまあ、生徒の万が一に備えて僕がいると考えれば、存在意義もあるかもしれないな」

「うるっせーよ！　先生まで来て、家庭訪問かっつーの！　すぐ逃げだすくせに何が

「いやあ、僕まで悪いね。でもまあ、生徒の万が一に備えてだよ」

……先生には最低限敬語《けいご》を使おうと努力していた海琉が、もう遠慮なしに文句を言ってる。

確かに和田先生は真っ先に逃げだしたし、わからなくもないけど。

「うわぁ……海琉の家って凄いんだね。なになに？　ひとり暮らし？」

睡魔に負けて眠ってしまいそうだった摩耶も、この家に来て目を輝かせている。

「そうだよ、わりぃか？　面倒だから説明はしねぇけどな」

そう言い、冷蔵庫から缶コーヒーを取り出して皆に配《くば》る。

「あ！　野澤くん！」

「なんだよ先生」

カウンターの椅子に腰かけ、缶コーヒーを受け取った直後、和田先生はすぐに海琉に顔を向けた。

「僕にはエスプレッソをお願いできるかな？」

「お前ホントにぶっ飛ばしてやろうか」

なんて話をしながら、私達はその時を待つことになった。

そしてその時は訪れた。

皆でお互いが寝ないように見張りながら、テーブルの上に置かれたノートは、いつ月菜の机に戻ってしまうのだろうと考えていた時だ。

このまま月菜が来なければ、ノートを還せないんじゃないかって。

だけど、その思いは突如《とつじょ》鳴り響いたインターホンの電子音によって掻き消された。

「やっとお出ましか！」

壁にかけられているモニターに、皆の視線が注がれる。

黒い画面……その中で動く物がないかを、私も眠い目を必死に開けて確認する。

だけど、モニターが映すのは暗闇だけで、動くものは何もなかったのだ。

「……なんだよ。来たんじゃねぇのか？」

油断した時に……というパターンもあるから、視線を逸らせない。

しばらくして、何もないと判断した海琉がため息混じりにこちらを向いた時だった。

「おいっ‼　後ろだ！」

そんな悲鳴にも似た声を出して、光星を指さした海琉。

慌ててその指の方向を見ると……光星の顔の左側。

月菜が顔を覗き込むようにして光星を見ていたのだ。

なぜ覗き込んでいるのかはわからない。

だけど口はカタカタと動いて、何かを囁いているようにも見えた。

光星はそのあまりの近さと、真横で顔を覗き込まれている恐怖からか、身動きひとつ取れない様子で。

ガタガタと身体を震わせているだけ。

「くっ！　光星から離れやがれ‼」

素早くテーブルの上に置かれていたノートを手に取り、月菜に駆け寄った海琉。

それに反応するように月菜が海琉に手を伸ばしたけれど……。


「アアアアアアアアアアアアアアアッ‼」

という声と共に、手がノートに触れた瞬間、月菜は破裂《はれつ》するように「もや」のような物に変わり、飛び散って。

私達の前から消え去ったのだ。

「ぷはっ‼　ハァ……ハァ……い、息をするのを忘れてた」

「消えた……ということは、これで終わったんだね？」

「やった……やっと眠れる……ふ、ふわあああん」

何度も何度も死を味わい、強烈な痛みを味わった私達。

摩耶はその喜びに涙し、声を上げて泣きだしてしまった。

呪いの起源である進波音のルーズリーフと、そのコピーである月菜のノート。

そのふたつを、ふたりに還すことで、この永遠かとも思えた呪いは今、終わったんだ。

その安堵感が、今までにない眠気を誘って。

「これで安全なんだよね、私……もう眠い」

そう言うと、安心して目を閉じた。

少しして、和田先生の声がかすかに聞こえた。

「皆、良く頑張ったね。今はゆっくりと眠るといいよ。悪夢が終わったんだ。いい夢を見られるといいね」

聞こえた

「……え？」

私は目を覚ましてそう小さく呟いた。

いや、目を覚ましたわけじゃない。

私はまだあの廃校舎にいた。

「な、なんで⁉　なんでよ！　もう終わったんじゃないの⁉　あの先生、嘘ついたの⁉」

私の横で、同じように目を覚ました……いや、この悪夢を見ている摩耶が、半狂乱《はんきょうらん》で声を上げた。

「うぉいっ⁉　ふざけんじゃねぇぞ！　なんでまたここに！」

「はは……もう、何がなんだか」

海琉、そして光星の姿も見える。

どういうことなの？

私達がやれることは全てやった。

そりゃあ、上手くいきすぎってほどに上手くいったと思うけど。

それでも何度も死を味わいながら、ゴールに辿り着いたはずなのに。

「も、もう嫌！　終わると思ったから、最後だって信じたから頑張ったのに!!　なんでまだ続いてるのよ！　ふざけないでよ！　私達になんの恨みがあってこんなことさせられてるのよ!!」

髪を振り乱して叫ぶ摩耶。

もう耐えられないのだろう。

どこへ行こうというのか、半狂乱のまま教室から飛びだしていってしまったのだ。

「ま、摩耶!!　待て！」

光星も、そんな摩耶を追って教室を出ていった。

「いや、マジで何がなんだかわからねぇ……若葉、大丈夫か？」

海琉にそう尋ねられたけれど、私は放心《ほうしん》状態で。

気付いた時には、ポロポロと涙を流していた。

「な、なんで……終わったんだよね？　ルーズリーフもノートも還したし、私達はもう悪夢を見ないはずなんだよね？」

「おい、しっかりしろ。まだ終わってねえってことは、何かを間違えたってことだろ。気をしっかりもてよ。俺ひとりじゃ考えがまとまらねえよ」

頬をパシパシと叩かれて、その刺激で少し落ち着きを取り戻した。

正直、絶望しか感じないけれど、何が間違っていたのかを考えるくらいはできる。

「う、うん。ごめん。私、諦めかけてた。何が間違ってたか……」

強烈な眠気の中で、必死に思い返してみる。

月菜のノートと進波音のルーズリーフ……。

「……あれ？」

「なんだ？　何か思い出したか？」

慢性的に強い眠気に襲われていたから、単純なことをひとつ見逃していたかもしれない。

「ねえ。月菜はどこで〝知ってはならない言葉〟を知ったのかな？　進波音のルーズリーフなんて、あの廃校舎に行かなきゃ見られないでしょ？　月菜がわざわざそんなことをするはずないし……」

「そりゃあお前……あ、うん。言われてみればそうだな。呪いの起源が進波音のルーズリーフだとしたら、早瀬が見るはずねぇからな。じゃあ、どこで見たんだよ」

月菜がおかしくなり始める前日、体育の授業の時。

『行かなければならない場所がある』と、月菜はそう言ったはずだ。

でもそれは、校外というわけではない。

校舎内のどこかだ。

私達が体育の授業が終わった頃には保健室から出てきたし、そこで休んでいたなら時間的に外に出るのは難しいから。

「考えたくないけど……うちの学校のどこかに、例の呪物があるとしたら……」

ここからは本当に可能性の話でしかない。

もしかして……かもしれない……その可能性がある。

そんな言葉が必ずつく、不確定な話ばかりになってしまう。

「じゃあ何か？　進波音のルーズリーフじゃなくて、他に呪いの根源があって、それがうちの学校にあるってのか？」

「そこまではわからないよ。でも、月菜が〝知ってはならない言葉〟を知ったのは確かだし、その可能性はあると思う」

だけど不思議なのは、うちの学校では怪談《かいだん》とか七不思議とか、そういった話を全く聞かないことだ。

普通、怪談のひとつやふたつはありそうなのに。

それに、そんな呪物があるというなら尚更だ。

「でもよ、この廃校舎とうちの学校を繋いでる物はなんだ。そこが繋がらねぇと、何がどうなってんのか全然わからねぇよ」

廃校舎の進波音、うちの学校の月菜、ふたりの呪物。

しかも、進波音は和田先生の同級生で、年齢的にも月菜とは全く接点がないように思える。

だからこそ、うちの学校に他の呪物があると思うけど……。

「今は、何もできないよ。とにかくここから出て、朝になったら学校に行かないと。厄介《やっかい》だよね……うちの学校にあるとしたら、どこを探せば良いのか見当がつかないんだから」

廃校舎と違って、机だけでも何百とあるのだから。

いや、使用されていない机を合わせたら、ゆうに千を超えるだろう。

「死にたくなかったらやるしかねぇよ。気が遠くなる話だけどよ」

そう、私達がこの悪夢から抜けだすには、その呪物を何としてでも探しだすしかないのだ。

そして、どうしてうちの学校にそんな物があるのかを調べなければならない。

あまりにも手がかりがなくて、私ひとりだとくじけそうになってしまうところだ。

「ほら、行くぞ」

だけど、海琉がいるから。

私はギリギリのところで踏ん張っていられる。

ピアノの音が聴こえる廃校舎。

どうして呪いの根源が、進波音のルーズリーフだと思ったのか。

きっと、このピアノの音が……和田先生と進波音が作ったという曲が流れているから。

「このピアノ……進波音が近くにいると止まるだけだったな。早瀬には全く関係ねぇ」

「音が鳴ってても、月菜は私達の傍《そば》にいたもんね。それでも片方の動向がわかるのはありがたいよ」

廊下を歩き、まずここがどこなのかを確認する。

どうやら、音楽室がある校舎の二階。

廊下のつき当たりに教室があるし、何よりここは昼に通った場所だったから。

「片方……片方ね。てかよ、うちの学校にもしも呪物があるんだったら……まだいるんじゃないのか？　俺達が見てない、他のやつがよ」

海琉のその言葉に、私の背筋に冷たい物が流れる感じがした。

そんな……白い物はまだいるっていうの？

もしかすると、私達を今までに殺した白い物は、良く見たら違う白い物だったとか？

いや、ピアノの音が止んで殺されたり、月菜だったりしたから、その他の白い物は見ていないはずだ。

「こ、これ以上不安にさせないでよ」

「まあ、そうだよな。ここでは殺されるか出口から出るか、そのふたつしかないんだからな」

私も海琉も、今にも倒れそうなほどの眠気の中、必死に歩いて出口を探していた。

これまでは、死の恐怖と逃げなければという思いで、なんとか眠気を誤魔化せていたけれど。

とてつもなく眠くて、悪夢の中にいるのだというのに眠ってしまいそうだ。

「そ、それよりさ。光星はどうして月菜に襲われなかったのかな？　海琉は脚を切断されたのにね」

思えば、私と海琉がトイレに隠れていた時もジッと見られてはいたけど、声を出すまで襲われなかった気がするし。

だったら、声？

光星はあの時に声を出していなかったし。

「そうだぜ不公平だよな。まさか光星の野郎、早瀬に手を出してたとかないだろうな」

「は、はは……光星は真面目だし、それはないんじゃないかな。月菜からそんな話も聞いてなかったし」

あまりの眠さで、緊張感も何もかもなくなっているような気がする。

目は焦点《しょうてん》が合わないし、身体中が倦怠感に包まれているし、何より疲労が蓄積《ちくせき》されていて。

いつ倒れてもおかしくない状態だった。

「だったら、呼吸なんじゃねぇのか？　トイレに隠れてた時は、少しでも音を立てないように息を止めてたし、光星だって息をするのを忘れてたって言ってただろ？」

呼吸……か。

じゃあ、月菜が近くにいる時は息を止めればいいってこと？

「でも、もしそうだとしたら、かなりきつくない？　だって、息を止めてても近づいてくるし、ずっと見られてるんだよ？」

どう考えても逃げられそうにない。

まあ、それは進波音の場合も同じなんだけど。

「文句言ってても、あいつらが手を抜いてくれるわけが……お？」

ちょうど音楽室の下の教室。

ドアを開けた海琉がうれしそうな表情を私に見せた。

こんな時にそんな顔になるということは……。

私も部屋の中を覗いてみると、その教室の真ん中にぼんやりと光る物が。

出口だ。

「だけど、誰の出口なのかな。自分のじゃなかったら少しガッカリするよね」

「それは触ってみるまでわかんねぇよな。若葉、触ってみろよ」

「え？　う、うん」

海琉に促され、なんだか悪いなと思いながらその光に近づく。

手を伸ばして、そっと光に触れた。

でも、私の手はその光の中でフラフラと動くだけ。

「わ、私の出口じゃないよ」

「チッ。しゃーねぇな。じゃ、次を探しにいくぞ」

そう言って廊下に出ようとした海琉の行動に、私は首を傾げた。

「ね、ねぇ。海琉は試さないの？」

「バーカ。俺がもし出ちまったら、若葉がひとりになるだろ」

そんなことを言われると……私は何も言い返せない。

夢の中とはいえ、こんな所でひとりになったら怖いし、心細いのは確かだ。

だから、そう言ってくれるのはうれしかった。

「いや待て若葉……ドアを塞げ！　俺を手伝え！」

廊下に視線を向けていた海琉が、慌てて後退してドアを閉めた。

ちょっと気分が良くなってニコニコしていた私に、突然の命令。

海琉がドアを閉めたと同時に、ドンッ！　という音と共にドアが激しく揺れる。

「アヒャヒャヒャヒャヒャヒャヒャヒャッ‼」

この声……月菜に遭遇したの⁉

ドンッ！　ドンッ！　と、何度も体当たりをしているのか、ビリビリと教室が揺れているよう。

「ひ、ひぃぃぃぃっ‼　い、息を止めなきゃ！　息を止めなきゃ！」

祈るようにドアを押さえ、そう連呼する。

「こんな状況で‼　俺が引きつけるから、若葉は何とかして逃げろ！　わかったな⁉」

「そ、そんなの無理だよ！　私をひとりにしないんでしょ⁉」

「状況が変わったんだよ！」

もはやパニック状態。

何度も何度もドアに衝撃が加わり、必死に押さえてはいるけれど、いずれ破られてしまいそう。

この部屋は、窓ガラスも割れていない比較的綺麗な部屋だから何とか耐えられているのかもしれない。

しばらく、月菜の強烈な体当たりを受け止めた後、急に身体に加わる衝撃がなくなった。

シンと静まり返る教室。

諦めたのかと思ったけれど……白い物はそんなに諦めのいい幽霊ではないはず。

「なんだ？　なんの音も聴こえねぇ。早瀬は何をしてるんだ？」

「そんなの私に……え？　なんの音も聴こえない？」

確かに、海琉が言うようになんの音も聴こえなかった。

進波音の居場所を教えてくれる、ピアノの音さえも。

それに気付いた瞬間。

「フヒヒヒヒヒヒヒヒヒヒィィッ‼」

今度は進波音の笑い声が聞こえて。

ガシャン‼

その直後に教室の窓ガラスを突き破り、上半身をだらりと垂らし、ニタリと笑みを浮かべた顔を私達に向けたのだ。

「う、うおおおおおおおっ‼」

「あ、いやあああああああっ‼」

もう、ドアを押さえても意味がない！

ズルリと教室内に、頭から侵入した進波音。

ゆっくりと立ち上がり、私達を見詰めていたのだ。

「わ、若葉！　お前は逃げろ！　俺が引きつけておくから、俺が大丈夫なうちにどこか安全な場所に行け！」

もう、この状況では、この出口が海琉のものだと信じるしかなかった。

そうでなければ……少なくとも私か海琉のどちらかが殺されてしまう状況だったから。

でも、この状況でどうやって逃げれば良いの⁉

教室の中には進波音、廊下には月菜がいるかもしれないのに。

「いいか、俺がドアを開けるから息を止めてろ！　わかったな⁉」

「う、うん！」

進波音を見ながら小刻みに何度も頷いて、大きく息を吸って止めた。

それを確認したのか、海琉が深呼吸をして……一気にドアを開けたのだ。

瞬間、教室の中に飛び込んでくる月菜。

私の前に立ち止まり、その不気味な笑顔を私に近づけた。

やめて……私を見ないで。

お願いだから私から離れてよ！

じゃないと、恐怖と不安で今にも口から空気が漏れてしまいそう。

こんな状況下では、想像以上に息を止めるのが難しいと痛感《つうかん》させられる。

「ぷはっ！　おい早瀬！　こっちだぜ！　来てみやがれ！」

もうひとりの白い物を見ながら、さらにもうひとりの白い物を引きつける。

それがどれだけ困難なことか、ひとりでも大変だったからその難しさは予想できる。

「アヒャヒャヒャヒャヒャヒャヒャヒャッ‼」

やはり、息をしていなければ月菜は襲ってこない。

普通なら、私がどちらかひとりを引き受けるべきなんだろうけど。

下手すれば私達がふたりとも死にかねないから。

私は、口に手を当てて教室から飛びだした。

教室の目の前にある階段。

廊下を走っても良かったけれど、それではどうしても途中で呼吸をしてしまう。

月菜がどれくらいの範囲で呼吸を感じられるのかはわからないけど、それなら一階か三階のどちらかに逃げたほうがいいと思うから。

移動が簡単な下りの階段。

一階に急いだ私は、階段を下り切った所で天井の破片を踏んでしまい、その場に倒れた。

「あいたた……靴さえ履いてれば……」

月菜にノートを還せば全てが終わる。

そう思い込んでいたから、玄関で靴を脱いで家に上がったんだ。

それがまさか、こんなになるなんて思わなかったよ。

なんて考えてる暇はない。

慌てて立ち上がり、もっと遠くに逃げないと……と走りだそうとした時だった。

この廃校舎のどこにいるよりも、白い物が眼前にいるよりも、強烈な悪寒が私を襲ったのだ。

まるで、氷で作られた刃を、背骨に突き立てられているような。

呼吸を止めようと思っていないのに止まってしまう。

それほど凄まじい悪寒だった。

何……この場所、いちゃダメな気がする。

今すぐここを離れないと、私は死んでしまいそうな気さえする。

そして、私の左側から、恐ろしく鋭い視線が向けられていることに気付いたのだ。

「あ……あ……な、何……」

恐ろしすぎて足が動かない……息もできない。

それなのに、顔が勝手に左側を向き始める。

う、嘘……そんなのやめて！
見たくないのに！
それでも、瞼を閉じることすらできない。
そして、私の顔が〝それ〟を見てしまった。
進波音と同じような、だけど白いセーラー服。
だけど、傷《いた》んでいるのかボロボロで。
首が九十度に横に曲がった白い顔が、ギョロッとした目を向けていたのだ。
進波音や月菜とは違う。
全然笑ってない！
真顔《まがお》で、下半身が床に埋もれているような白い物。
それが、まるで水から出るかのように、床から白い脚を抜いてこちらに歩いてきた。
白い顔の鼻や口、そして足から血が流れている。
ゆっくりとこちらに近づき、手を伸ばす。
逃げたいのに足が動かない。
声も出ないし息ができない。

胸を締めつけられるような苦しさを感じながら、ただそれを見ていることしかできなかった。

白い物の指が、私の胸に当てられる。

チャプッ……と、水に指先が浸《つ》かったような音が聞こえたような気がして。

その白い手が、私の胸の中に入ってしまった。

何……なんなの⁉

一体何を……。

恐怖に身を震わせていたその時。

ズルリと私の身体から白い手が出た。

そしてその手に握られているのは、ドクンドクンと脈打つ心臓……？

やめて……何をするつもりなの、やめ……。

心の中でそう叫んだけれど、白い物が私の心臓に食らいついて。

身体の中から引っ張られるような感覚と、それだけで命を奪われるとわかる激痛の中で、私は暗い闇に落ちる感覚に包まれた。

小鳥のさえずり、暖かな光、心臓は無事かと、自分の胸をさすりながら、私はソファの上で目を覚ました。

海琉の家、室内を見回しても、私と海琉の姿しかなくて。

隣で寝ていたはずの摩耶の姿も、光星の姿もなくて。

「……まだ温かい。私より早く起きて出ていったんだ」

摩耶が座っていた場所に手を当てると、ほんのりと温《ぬく》もりが残っている。

今目覚めたばかりなのに、今にも気を失いそうなほどの眠気に襲われる。

悪夢は……終わらなかった。

何が間違っていたのか、夢の中で海琉と話した通り、私達だけでも学校に行かないと。

月菜がどこに行かなければならなかったのか、そこで呪物を手にしてしまったのか。

考えることは色々あるけれど、それよりも夢の中で最後に見た、あの白い物。

進波音や月菜とは違う。

逃げることなどできない。見つかってしまった時点で殺されてしまう絶望感を与えられる。

それほどヤバい白い物だと、身体で感じてしまった。

「うっぎゃあああああっ!! 痛えっての! ちくしょうが!」

「う、うわっ!」

突然聞こえた海琉の叫び声に、私は思わず声を上げてしまった。

その反応から察するに、あれは海琉の出口ではなくて、進波音か月菜、もしくは両方に殺されたんだろうな。

「……先生はわかるけどよ、光星と摩耶は? そこで寝てたよな?」

海琉が目を覚まして、明らかに不機嫌だとわかる顔で部屋を見回して呟いた。

「うん。私が起きた時にはもういなかったよ」

どんな感じでこの家を去ったのか、あの摩耶を見れば大体想像がつく。

終わると思っていた悪夢が続いて、精神的にもう耐えられなくなったというのは。

私だって、あんな殺され方をしてもう気力がなくなりかけている。

「くそっ……なんだか上手くいきすぎだって思ったんだよな。光星と摩耶には連絡をするとして、先生はどうする……今頃家か? どうやって連絡を取れば良いんだよ」

部屋の中をうろうろと動き回り、イラついているようにブツブツと呟いている。

私は考えられるほど頭が回らない。

このまま苦しみが続くのならあと一度だけ、死んでしまったら、もう苦しまなくて済むんだとさえ思っていた。

「ねえ、海琉。もうやめない？　これ以上やっても、苦しみが長く続くだけだよ」

半ば諦めた感じで、ため息混じりにそう吐きだした。

「は、はぁ⁉　お前何言ってんだよ！　死ぬつもりか⁉」

ポツリと呟いた私の言葉に過剰《かじょう》に反応し、怒ったような表情で私の前に駆け寄った。

「だって、あれだけ頑張ったのにダメだったんだよ⁉　頑張っても頑張っても、まだ頑張りが足《た》りないっていうの⁉　どうすればいいとか、誰も教えてくれるわけじゃないし！　どこまでやればいいのか、もう私にはわからないよ！　この先ずっと苦しみ続けるのも嫌だし、いっそ楽になりたい！　何も考えずにいられるのなら、それでもいい！　そのほうが……今より全然マシだよ」

いつの間にか海琉の腕をギュッと掴んでいて。

話しているうちにどんどん顔が近づいているのがわかった。

「本当に、若葉はそれでいいのか？　もうここで全てを諦めて、最後の苦しみを一度味わって、終わりにしようって思ってるんだな？」

「……うん。もう諦めたい。だって先が見えないんだもん。でも、その前に……良い思い出が欲しいから」

私は、いつから海琉を意識するようになったんだろう。

鮮烈《せんれつ》な好意ではないけれど、ゆっくり温められていた、でも強い想い。

どんなに苦しくても、海琉が傍にいてくれたから頑張れた。

きっと、いつの間にか好きになっていたんだと思う。

腕から首に手を回し、そっと海琉の顔との距離を詰める。

最後の最後で、その気持ちに気付けたから。

「……なーにバカなこと言ってんだお前は！」

そう言って、近づく私の鼻をつまんで、グイッと上につまみ上げた。

「え⁉　い、痛い痛い！」

私が声を上げると、鼻から指を離して。

「頑張っても足りないだと⁉　だったらもっと頑張れば良いだけだろ！　俺達の人生を、一体誰が教えてくれるってんだよ！　楽になりたいってんなら、俺がこの呪いを解いて楽にしてやるよ。良い思い出が欲しいってんならこれから先一緒に作って、お前が何十年後かにババアになって、病院のベッドで孫《まご》に囲まれて死ぬ時にいくらでも思い出させてやる。でも、良い思い出を作るのも死ぬのも、今じゃねぇ。それにお前は、そんなに諦めがいいやつじゃねぇだろ！」

立ち上がって指をさされ、物凄い勢《いきお》いで海琉の説教が始まった。

よく眠い頭で、そんな言葉が次から次へと出てくるもんだと感心して、不思議と不快感はなかった。

『俺と一緒に頑張ろう』と言われているように思えたから。

「は、はは……まさか海琉にそんなことを言われるなんて思わなかったよ。でも、うん。海琉が一緒にいてくれるなら、もう少し頑張れそうな気がする」

「若葉が死ぬ時は、俺も一緒に死んでやるからよ。俺が死なないのに若葉が死のうとするな。わかったな」

「うん……」

海琉に怒られて、私はまだ動けるというのがわかった。

昨夜の夢は今までとは違う。

眠くてたまらないけど、考えて、動いて、頭の中にうっすらと見える細い光を辿るしかない。

「はぁ？　下半身が床に埋まった白い物？　なんだそりゃ」

「ちょ、ちょっと！　見ないでよ！　まだ服着てないんだから‼」

「わ、わりぃ‼」

念のために持ってきた着替えが、こんな所で役に立つとは思わなかった。

汗で濡れた服と下着を脱ぎ、リュックの中に入れた替えの服を着る。

「それが、よくわからないんだけどね。私達が襲われた教室あるでしょ？　その前にあった階段を下りて一階に行ったらね……いたの。真顔の白い物が。進波音や月菜とは違う……本当に、会っただけで殺されるって覚悟するほど恐怖を感じたよ」

あの顔は……今思い出しただけでも鳥肌《とりはだ》が立つ。

「何度も白い物を見てる若葉がそう感じるなんてな。そりゃあとんでもねぇ幽霊なんだろうな。てかあいつ何やってんだよ。電話に出ねぇぞ」

光星にでも電話をしているのだろう。

さっき帰ったばかりなら、まだ外を歩いているかもしれないな。

摩耶をなだめながらだったら、電話に出る余裕もなさそうだし。

私達がこれからやるべきこと。

それは、光星と摩耶、そして和田先生に連絡を取って、うちの学校のどこかにあるはずの呪物を探すことだ。

あの日、月菜はどこに行ったのか。

どこで、知ってはならない言葉を知ったのか。

今はもう、一分一秒も惜《お》しい。

時間が経てば経つほど、私達の精神は蝕《むしば》まれ、死を切望するようになってしまうから。

「先生は……若葉、お前先生の連絡先わかるか？」

海琉の家を出て、学校に向かう。

「え、そんなのわかるわけ……あ、海琉、丸山さんに名刺もらってたじゃない」

和田先生は、丸山さんと連絡を取っているわけだから、丸山さんは和田先生の連絡先を知っているはず。

「おお、それだ！」

そう言って、手帳型のスマホケースの中に入れていた名刺を取り出した海琉は、そこに書かれている電話番号に電話をかけた。

朝早い時間、それも日曜日だから、丸山さんが起きているかどうかもわからないけれど。

『うん？　丸山ですがどなたかな？』

「あ、丸山さん⁉　俺っす、俺俺！」

まるでオレオレ詐欺《さぎ》みたいな言い方だよ海琉。

『貴様《きさま》っ‼　オレオレ詐欺だな⁉　残念だったな、俺は花の独身貴族《どくしんきぞく》だ！　俺などという身内《みうち》はおらんわっ！』

丸山さんの大声がスマホから漏れて聞こえる。なんか、丸山さんは返しもパワフルだな。

「い、いや、違いますよ！　海琉っす！　野澤海琉！　ほら、昨日車に乗せてもらった」

『お？　おお！　少年か！　どうした、俺と共にマッチョな人生を歩む気にでもなったのかな⁉』

「そ、そうじゃないんすけど……それより大変なんすよ！　和田先生の連絡先を教えてください！」

和田先生も変わった人だけど、この丸山さんもかなりおかしな人だよね。

話を聞いてるぶんには面白いけど、海琉は災難《さいなん》だなと思う。

『なにぃ？　個人情報だからな。あまり気は進まんが……そんなに大変なのか？　どれくらい大変なんだ？』

「え⁉　えっと……どれくらい⁉」

一体なんのやり取りをしているんだろう。

海琉も凄く悩んで、答えを出そうとしている。

「き、筋トレ後に飲むプロテインが切れてた時くらい……大変っすかね」

「いや、それ大変なの⁉　買いにいけばいいだけじゃない！」

ふたりのおかしなやり取りに、思わず突っ込んでしまったよ。

学校に着くまで時間があるから、話をしてるのは良いんだけどさ。

そんなたとえじゃ、私にはその大変さが伝わらないよ。

『なぁにぃっ⁉　そ、それは一大事じゃないかっ‼　よしわかった！　番号を教えるぞ！　メモしろメモ！』

いや、伝わってる⁉

プロテインが切れるのって、そんなに大変なことなの⁉

私には全く理解できない……。

丸山さんに和田先生の電話番号を聞き、私がその番号にかける。

海琉はしばらく丸山さんに、マッチョな人生とやらに誘われていたけど、なんとか電話を切ることに成功したようで。

額にかいた変な汗を、袖で拭っていた。

『……はい。和田です』

そんな中、和田先生に電話が繋がった。

「せ、先生！　神崎です！」

『神崎さん？　どうしてこの番号を……いや、今はそんな話をしている場合じゃないね。言いたいことはわかっている。悪夢が……終わらなかったね』

丸山さんと比べたら、全然話が早い。

「え、ええ。だから、私と海琉は今から学校に行きます。先生も来てください」

『学校だって？　いや、どうして学校なんかに』

「先生が連れていってくれた廃校に、進波音のルーズリーフがあって、うちの学校に月菜のノートがありますよね。だったら、そもそものふたりを繋いだのはなんですか？　月菜があの廃校にひとりで行って、ルーズリーフを見たなんて、思えないんです。うちの学校に、ふたりを繋ぐ呪物があるんじゃないかって思うんです」

言葉を整理しながら、なんとか伝わるように話すと、先生は小さく「はっ」と声を上げた。

『そ、そんな……い、いや、もしかすると……わかった、僕も今すぐに向かう』

そう言うと、先生との通話は切れた。

学校に着いた私達は、先生が来るのを待った。

日曜日の朝。

部活動のために来ている生徒はいるけど、それは運動部ばかりで。

校舎の中に先生はいるけれど、私服の私達は見つかれば怒られてしまうから。

まあ、そんなことを言っている場合ではないのだけど、鍵が必要な教室を調べるかもしれないから、和田先生の協力は必須《ひっす》なんだよね。

「お、お待たせ！　大丈夫かいキミ達！」

そんなことを考えていると、和田先生が年季《ねんき》の入った自転車をこいでやってきた。

「全然大丈夫じゃねぇよ！　悪夢は終わらねぇし、若葉なんてとんでもねぇ白い物に遭遇したんだぞ！」

息を切らせて私達の前に自転車を止めた和田先生。

「とんでもない白い物……だって？　いや、その話は校舎に入ってからしよう。ついてきてくれ。僕に心当たりがある」

「心当たり？　先生は、月菜がどこに行ったか知っているんですか？」

「……早瀬さんが音楽室に来た話はしたね？　その時にね、呟いているのを思い出したんだ。もしかしたら違うかもしれないけど、行ってみる価値はある」

もう、私達ではどこで何を探せば良いかもわからないから、和田先生が知っていると言うなら、それに頼るしかなかった。

和田先生について、校舎の中に入った私達。

誰もいない校舎は静かで、夢の中を彷彿《ほうふつ》とさせる。

「僕は、大切なことを忘れていたよ。早瀬さんが亡くなった後、キミ達が僕の前に現れた時に、もっと考えるべきだった。僕は、逃げだした過去と向きあうことに必死で、波音のことしか考えていなかったんだ」

「いやいや、わけわかんねぇって！　何を忘れてたって言うんだよ！」

小走りで廊下を走り、音楽室がある校舎に入った。

「波音には、他校に通っている妹がいたはずだ。だけど彼女は波音が亡くなって、少ししてから後を追うように亡くなったんだ。入院中に、新聞でその記事を読んだ覚えがある。その他校というのがこの学校で、もしその妹が呪物を遺《のこ》したとしたら……早瀬さんが知ってはならない言葉を知った理由も理解できる」

階段を上り、その場所へと急ぐ和田先生の後を追う。

「妹がいて、亡くなったってことは……その妹も進波音が書いた知ってはならない言葉を知った……」

姉妹なら、もしかすると遺品《いひん》の中に紛れていたその言葉を知る可能性はあるかもしれない。

そう考えると、進波音と月菜がそこで繋がってしまった。

これが私の求めるゴールなのか……それとも、まだ何かあるのかはわからないけれど。

それでも、一歩前進できたような気がする。

「あった……これだ」

先生がやってきた場所。

そこは、三階よりもさらに上、屋上に出る扉の前に置かれた机。

……授業を抜けだして、海琉が私達を連れてきた場所だ。

「マジかよ……俺、そこに腰かけてたぞ？」

嫌そうな顔で机を指さして、ボソッと海琉が呟く。

「そういえば、月菜が言ってた。『行かなきゃならない場所がある』って。海琉も私達をここに連れてきたし……もしかして、最初からこうなるのが決まってたの？」

考えたくはない偶然。

海琉はきっと、授業をサボるにはここが静かでいいと思って連れてきたのだと思うし、考えすぎかなと思ったけれど。

「い、いや。まあ……あの時はどこに行こうか悩んでたら、頭の中にここが浮かんだんだよな。誰かの声が聞こえたような気もするけど……勘違いだよな？」

「それは……きっと呼ばれたんだよ。早瀬さんも野澤くんも……はっ！　よ、呼ばれた？　まさか……そんな」

ここに来て、何かに気付いたのか、和田先生が驚いたように声を上げた。

「呼ばれたとか気持ちわりぃこと言うなよ！　ほら、さっさと確認しようぜ。ここにあるんだろ。例の呪物ってやつがよ」

和田先生を押し退けて、海琉が机を動かし、その中を覗き込んだ。

そして、そこに手を入れて取り出したのは……鍵のついた日記？

海琉がそれを机の上に置いた。

「ダイヤル式の錠《じょう》が付いてる……番号もわからないし、どうしよう」

この日記を、月菜はどうやって開けたのだろうか。

「んなもん、ぶっ壊せばいいだろ。持ち主はもういねぇんだ」

海琉の言葉は乱暴だけど、確かにそうか。

それに、私達はそれを気にしている余裕もないし。

海琉が錠を壊そうと、手を伸ばした時だった。

カチャカチャッと音を立てて、ひとりでにダイヤルが回り始めたのだ。

「う、うおっ！　なんだよこれ……気味がわりぃな」

こんなことを言うと海琉は嫌がるかもしれないけど、和田先生が言うように「呼ばれた」という表現がピッタリ当てはまる。

カチッという音と共に錠が外れ、日記が開き始めたのだ。

「な、何これ……なんで勝手に……」

「い、今更驚いてられるかよ。こんなのよりももっととんでもないことに巻き込まれてるだろ、俺達は」

そして……日記は、とあるページでその動きを止めた。

「えっと……昭和《しょうわ》五十五年八月二日。今日、私は殺された……って、えっ⁉」

そんな文章から始まるページに、私は驚いて目を見開いた。

昭和五十五年八月二日
今日、私は殺された。
部活動が終わって、学校から帰る途中。
作業服の男達三人に乱暴されて。
嫌だと暴れたら殴られて、蹴られて。
首を絞められて折られた。
だから私は殺された。
ここはとても冷たくて、そして重い。
ああ、憎い……憎い。
笑いながら私に乱暴して、笑いながら私を殺した男達が憎い。
ひとりは嫌だ。
私は誰なの？
もうわからない。
誰か教えて。
誰か私と一緒にいて。

ずっとずっと……ずっとずっとずっとずっとずっとずっとずっとずっとずっとずっ

とずっとずっとずっとずっとずっとずっとずっとずっとずっとずっとずっとずっと

とずっとずっとずっとずっとずっとずっとずっとずっとずっとずっとずっとずっと

とずっとずっとずっとずっとずっとずっとずっとずっとずっとずっとずっとずっ

とずっとずっとずっとずっとずっとずっとずっとずっとずっとずっとずっとずっ

ずっとずっとずっとずっとずっとずっとずっとずっとずっとずっとずっとずっと

とずっとずっとずっとずっとずっとずっとずっとずっとずっとずっとずっとずっ

ずっとずっとずっとずっとずっとずっとずっとずっとずっとずっとずっとずっ

とずっとずっとずっとずっとずっとずっとずっとずっとずっとずっとずっとずっ

ずっとずっとずっとずっとずっとずっとずっとずっとずっとずっとずっとずっ

とずっとずっとずっとずっとずっとずっとずっとずっとずっとずっとずっと

ずっとずっとずっとずっとずっとずっとずっとずっとずっとずっとずっ

とずっとずっとずっとずっとずっとずっとずっとずっとずっとずっ

とずっとずっとずっとずっとずっとずっとずっと……一緒にいて。

ねえ、見てるんでしょ？

私をひとりにしないで。

私が誰か教えて。

「な、何、この日記……こ、この持ち主が書いたの？　そんなはずないよね。だってこの人、殺されたって書いてある……」

不気味な雰囲気……身体を撫でられているかのような、気持ち悪い感覚だ。

「そんなバカなことがあるかよ……そもそもこれは、進波音の妹の物じゃねぇのか？　だったら、その妹が書いたんだろ」

「い、いや。昭和五十五年なんて、僕だってまだ生まれていない。となると、波音の妹だって当然生まれてはいないから、これは妹のものじゃない」

ずっと何かを考えていた和田先生が、我に返った様子で首を横に振ってそう答えた。

そうなると、もっとわからなくなってきた。

眠気で頭が回らないだけなのか、本当にわからないのか。

「じゃあ、これは誰の日記なの？　やっと進波音の妹に辿り着いたと思ったのに……ますますわからなくなっちゃったよ！」

今度こそ、もう終わりなのかな。

調べれば調べるほど、わけのわからない事実につき当たって。

どこまで行けば終わるのかが見えない。

「何言ってんだ若葉。これが進波音の妹のものじゃなくて、早瀬も俺も、こいつに呼ばれたっつーならよ、これこそが……俺達のゴールなんじゃねぇのか？」

海琉のその言葉は、『ゴールだと思ってゴールじゃなくても、また次のゴールまで走ればいい』と言っているようにも聞こえた。

そうすることで、諦めるということをほんの少しだけ先延ばしにできるのかもしれない。

「つっても、これだけじゃ何もわかんねぇな。この後は何も書いてねぇのかよ」

そう言い、次のページをめくる。

するとそこには、月菜のノートで見たのと同じような、狂ったような文字が。

一瞬ドキッとするけど、初めて見たような衝撃はなかった。

「また〝ミシナンネ〟か。これもネタバレしてしまえば、たいしたことはねぇな」

「……ねえ、ちょっと待ってよ。これって、進波音の名前を並べ替えたものだって和田先生は言ってたけど、それっておかしくない？」

眠くて回らない頭でも、その不自然さは確かに感じる。

「うん？　どういうことだい？　神崎さん」

「だってそうじゃないですか？　進波音も月菜も、海琉も呼ばれたんですよね？　この日記に。だとすれば、そもそもがこの呪いの起源は進波音じゃなかったことになりませんか？　それなのに、〝ミシナンネ〟が……知ってはならない言葉が、いかにも進波音が関係があるみたいに……上手く言えないですけど」

月菜のノートを見た時は、確かに〝ミシナンネ〟と書いてあったけど、この日記の文字はその違和感が表れている。

埋め尽くすように書かれているその文字。

何箇所か、〝ナ〟の文字は〝メ〟に見えるし、〝ネ〟だって不自然に文字が大きいような。

でも、それに気付いたところで私にはそれが何を意味しているのか、全くわからない。

「むうっ……そうなると、この言葉は偶然、波音のアナグラムになったというだけなのか。僕としたことが、とんだ思い違いをしていたのか」

「とにかくよ、この昭和五十五年の八月二日に何があったのか。何もねぇ、ただのイタズラかもしれねぇけど、調べるしかないだろ。事件が明るみに出てねぇとしたら調べようもないかもしれねぇけど」

他にも何か書かれていないかと、海琉がパラパラと日記を見るけれど、相変わらず〝知ってはならない言葉〟が書かれているだけ。

「よ、よし。それは僕が調べよう。過去に逃げだした悪夢の原因か。僕に相応しい仕事じゃないか」

「いや、相応しいかどうかは知らねぇけどよ。やるって言うなら任せたぜ、先生よ。俺と若葉は、光星と摩耶の様子を見てくるぜ。連絡もねぇし、摩耶はかなりヤバそうな気がするからな」

「わかった。何かわかれば連絡をするから。絶望に負けるんじゃないよ」雛木さんは確かに心配だが、キミ達も同じだけ眠っていないんだ。気を強く、絶望に負けるんじゃないよ」

和田先生のその言葉に私達は頷いて。

日記を机に戻し、階段を下りた。

学校から出て、海琉が再び光星に電話をかける。

「あいつ、一体何してやがんだ。やっとここまで来たってのによ、摩耶とイチャついてんじゃねぇだろうな！」

「お、落ち着いて海琉。仮にそうだとしても、摩耶がそれで正気を保《たも》てるなら、それはそれで……良いかなって思うんだ」

私だって、もうダメだって……もう死にたいって思った時に、海琉に助けられてさ。もうダメだ、もう少し頑張れるって、何度も何度も繰り返して今、こうしてギリギリで生きている。

誰かが誰かの支えになって、折れてしまいそうな心を保てているならって。

「そんなもんか？　俺は、こっちが必死なのに、あいつらがイチャついてるなら一発ぶん殴ってやりてぇけどな！」

「は、はは……そ、それよりさ？　朝に海琉が私に言ったことって……私がおばあちゃんになっても、一緒に……いてくれるってこと？」

光星の家に向かう道中、ふたりで歩きながら、私はチラリと海琉を見てそう尋ねた。

何か、とても恥ずかしいことを聞いてるような気がするけど……眠気がその感情を上回っているからわからない。

「な、なんでそうなるんだよ。で、でもまあ……若葉がそうしたいってんなら、考えなくもねぇけど」

　少し照れながら、顔を逸らしてブツブツと呟く。

　こんな時だけど、こういう安心感があるから、私は気が狂わずにいられるんだ。

　しばらく歩いて、私達は光星の家にやってきた。

　海琉の家からなら、摩耶の家よりもここのほうが近い。

　だから、光星が摩耶を落ち着かせるとしたら自分の家かな……と思って。

　インターホンのスイッチを押すと、少しして光星のお母さんらしき人が出てきた。

「あら、海琉くん」

「おばさん、光星いる？」

「あら、ねえちょっと聞いてよ。あの子ったら部屋に女の子を連れ込んじゃって。彼女かしら？　海琉くん、そんな話聞いてる？」

　と、なんだかうれしそうに海琉に尋ねるお母さん。

「いや、わからないけど。いるなら上がらせてもらうよ。ちょっと用事があるんだ」

「あらあらあら、海琉くんも彼女を連れて！　まあ……青春よね」

　光星とは違って、なんだか面白そうなお母さんだけど、今は光星と摩耶のことが気になる。

部屋にいるならどうして海琉の電話に出ないのか。

もしかしたら寝てしまっているという可能性もあるけれど。

「お、お邪魔します」

そう言って、海琉に続いて家に上がり、二階へと向かった。

部屋に近づくにつれ、小さな呻《うめ》き声のような物が聞こえ始める。

それは、荒い息遣いの途中で聞こえているような……なんだか海琉が言った、イチャついている最中かもしれないと、ドキドキしていた。

「おいおいテメェら！　イチャイチャしてんじゃねぇぞ！」

なんの遠慮もなしに、海琉が部屋のドアを開けながら蹴飛ばした。

私は、見ちゃいけない物を見てしまうかもしれないと、慌てて目を手で覆ったけれど……その途中、別の意味で驚くことになってしまった。

部屋の中が……赤い？

そして、上半身裸になって椅子に座っている光星の腹部に、包丁を突き立てている血まみれの摩耶の姿があったのだ。

「光星……ほら、もうすぐ印が取れるよ。これで私達、もう悪夢にうなされなくて済むね……うん、大丈夫だよ。ずっと私といてくれたんだもん……これからもずっと一緒にいようね？」

既に、光星の左手は手首から切断されていて、それが机の上に転がっている。

あまりにも……想像を絶する光景に、私も海琉も声を出すことができなかった。

「あう……あぁ……」

「ほら、取れたよ光星。お腹の印……」

包丁を動かし、光星の腹部にあった印を剥ぎ取り、それを虚《うつ》ろな目の光星に見せた。

これは……誰なのだろう。

私が知っている光星と摩耶とは、姿が一致《いっち》しない。

光星の身体には足りない部分があって、摩耶は額と右膝、そして左太腿から大量の出血。

もはや、人間が動いている姿とは思えなかった。

「喜んでよ光星……これで悪夢を見なくなったんだよ？　私のことをずっと見ててく

れてありがとう……今は、私も大好きだよ。ねぇ……私達、これからもずっと……一緒にいようね」

目の前の赤い塊が、うなだれる光星の顔を手で挟み込んで。

ゆっくりと顔を近づけると、血にまみれた唇を光星の唇に重ねた。

その右膝、そして左太腿は、皮膚どころか肉もえぐれて、骨が見えている箇所さえある。

「う、うえぇぇぇぇっ‼」

思わず吐きそうになるけれど、何も食べていないから、もう何も出やしない。

「お、おいおいおいおいおい‼　お前ら何してやがんだ‼　俺と若葉が必死に動いてんのに‼　お前らは‼」

「あ……若葉だ、海琉だぁ。ふたりも印を剥がそうよぉ……もう悪夢も見ないし、殺されることもないんだよぉ……」

包丁を手に、摩耶は海琉に近寄ろうとするけれど、脚をあんなに傷つけたせいか、床に倒れ込んで。

這うように、こちらに近づいていた。

「な、何事なの⁉　大声出して！　えっ⁉　ひ、ひぃぃぃぃぃぃぃぃっ‼」

光星のお母さんが、慌てて二階にやってきたけど、部屋の惨状《さんじょう》を見た瞬間腰を抜かし、廊下に尻もちをつくように座り込んだ。

「おばさん！　救急車を呼んで！　早く！」

腰を抜かしたお母さんに、それを頼むのは酷だと思ったけれど、お母さんは悲鳴を上げながら這って電話の場所へと向かった。

「なんで……なんでお前らはこんなことをしたんだよ‼　そんなことする勇気があるなら、俺達と一緒に呪いの起源を調べれば良かったじゃねぇかよ‼」

這い寄る摩耶に近寄り、手から包丁を奪ってベッドのほうに放り投げた海琉。

「だって……だって‼

もう見たくなかったんだもん！　怖くて怖くてたまらなくて、殺されて殺されて痛くて苦しくて！　何度も何度も、何度も何度も何度も何度も！　死ぬ苦しみを味わうくらいなら、印を剥がしたほうがいいじゃない‼　海琉も若葉も、私とずっと一緒にいてくれなかった！　一緒にいてくれたのは光星だけだよ‼　光星は一緒に死んでくれるって言ったよ。ひとりにはしないって‼」

もう、どうしようもない絶望に叩きのめされたんだなって、その言動からわかる。

光星が言った言葉は、海琉と真逆の言葉で……。

もしも私が誘った時、海琉が光星と同じことを言ったら、私達もこうなっていたかもしれない。

「海……琉。摩耶を……責めないで」

私達がいることに気付いたのか、光星が息も絶《た》え絶《だ》えに言葉を発した。

「バカ野郎が……光星、お前も責めてるんだよ！　こんな手段を選びやがってよ！」

「もう……こうするしか……疲れた……んだ。悪夢も……何もかも……」

海琉に左手を伸ばすが、手首から先がないことに気付いて光星は腕を下ろした。

「そうよ……私と光星は、ふたりでずっと一緒にいるの。永遠に……誰にも邪魔をされずに！」

摩耶にしがみつかれ、光星に見詰められながら、海琉は何を感じていたのか。

背中しか見えないけど、きっと顔をくしゃくしゃに歪めて、今にも泣きだしそうな顔になっているに違いなかった。

「バカ野郎が……バカ野郎が……」

「海琉……若葉……俺には聞こえたんだ……白い……物の声が。『死体を見つけなきゃ……家に帰さなきゃ』って……何かの役に……立つかな……」

「うるせぇっ！　お前ら静かにしてろ！　動くな！　もうすぐ救急車が来るからよ！　絶対に、絶対に死ぬんじゃねえぞ‼」

摩耶を振り払い、部屋の中にあった光星の服を破り、出血を止めるために腕や脚を縛《しば》り始めた。

涙を流しながら、必死にふたりを助けようとする海琉を、私はただ見ていることしかできなかった。

しばらくして、救急車がやってきた。

救急隊員もその部屋のあまりの惨状に、一瞬部屋に入るのを躊躇《ちゅうちょ》したけれど、すぐに部屋に入り、光星と摩耶を運びだして病院に向かった。

光星のお母さんは半狂乱になりながらも一緒に救急車に乗り込んで。

私と海琉は、暗い雰囲気のまま、海琉の家に向かって歩いていた。

「あいつら……もう限界だったんだろうな」

「うん……摩耶はもう無理そうだったけど、どうして光星まで」

そう呟いてみたものの、理由はなんとなくわからなくもない。

光星は摩耶のことが好きで、好きな摩耶が狂ってしまった。

だけど諦めて放置するわけにもいかなくて、何とかしようとしたんだろうな。

それが、結果的にあんな形になってしまったんだ。

「若葉は……あんなふうになるなよ」

そう呟いた海琉は、なんだか寂しそうで。

やつれているのも相まって、とても弱々しく見えた。

摩耶と光星があんなになって、私もいよいよ気がおかしくなりそうになるかと思ったけど。

逆に、あんな姿を見てしまって、こんな姿にはなりたくないと思えたから。

「私はまだ大丈夫。海琉が一緒にいてくれるんでしょ。この先もずっと」

隠された言葉

血の付いた服を着替えるために、海琉の家にやってきた。

眠気覚ましと気分転換《てんかん》も兼《か》ねてと、海琉はシャワーを浴びると言いだして、私は缶コーヒーを飲みながらテレビを見ていた。

考えることはひとつ。

光星が最後に言っていた『死体を見つけなきゃ。家に帰さなきゃ』という言葉。

白い物から聞いたと言っていたけど、確かに聞き取れないような声でブツブツ言っていたよね。

「死体を見つけなきゃ……か。あの日記にも、私は殺されたって書いてあったし。これって偶然じゃないよね」

知れば知るほど、考えれば考えるほどひとつの結論に収束《しゅうそく》していくような気がする。

和田先生が調べてくれているのは、その答え合わせのようなものだ。

テレビの中でコメンテーター達が話しているのを見ているけど、眠くて話が頭に入ってこない。

光星と摩耶の姿……あれは、私がああなっていたかもしれないという未来の姿だ。

あまりに眠くて、テーブルの上に置かれているボールペンを手に取って、左手の甲をつき始める。

こうして痛みを感じるギリギリで刺激を与え続ければ、眠ることはないだろう。

もう少しで終わる。

もう少しで本当の意味で眠れる。

その希望だけが、私や海琉と、光星と摩耶のふたりを分けた差《さ》なんだと言い聞かせて。

普通なら、摩耶と光星があんなことになったんだから、友達として病院に駆けつける……なんてことをするかもしれない。

でも、私達には時間が残されていないから。

あれは私の未来だ。

海琉の未来だ。

これ以上どうしようもなくなった時、私達も同じ行動を取らないとも限らない。

今、手の甲をつついているボールペンだって、少しでも気を抜けば、皮を突き破り、肉を裂いて突き刺してしまいそう。

それくらいギリギリで、危《あや》うい精神状態でいるのだから。

「摩耶と光星が教えてくれたんだ。絶望に負けるとああなるって。大丈夫だよ、私達は負けない。負けてたまるもんか！」

もう、焦点が合わない。

目がかすんで、テレビの声が歪んで聞こえる。

その中で、私の首や左腕、胸から声が聞こえているようで。

「眠りなさいよ……眠りなさい。早く楽になりなさい」

「もう、こんな苦しいのは終わりにしよう……ほら、死んでしまえば楽になるから」

そんな声が、摩耶達にも聞こえていたのかな。

この弱り切った心では、声に惑わされてしまいそうになるよ。

「うるさい……私に構わないで‼　私は生きるんだから！　最後まで……諦めないんだから！」

そう思えたのも、海琉が一緒にいてくれると言ったから。

それは想像以上に私の心を強くしてくれたし、まだ頑張れると思わせてくれた。

しばらくして、海琉が二階に上がってきた。

「ふぅ……危なかったぜ。風呂場で寝るところだった。若葉はどうだよ？　寝なかったか？」

「だ、大丈夫……眠くてたまらなかったけど」

「そうか……って、おいっ！　何なんだよその手は‼」

驚いたように声を上げた海琉。

気付けば手の甲はボールペンのインクで真っ黒になっていて、それだけつついていたんだなと自分でも驚く。

「あ、ああ。大丈夫、大丈夫。眠くならないようにつついてただけだから。はは」

「そんなに眠かったのかよ……で、先生から連絡は来てないのか？」

そういえば、眠気に耐えるのに必死で全然スマホを見てなかった。

ポケットの中のスマホを取り出して見てみると……着信が十五件も⁉

いや、私はどれだけ気付かなかったのよ。

というか、こんなにもかけ直す先生も少し恐ろしい感じがする。

まあ、こんな状況だから仕方ないか。

「物凄く来てた……何か掴んだのかな？」

「そうかもな。かけてみろよ」

海琉に促され、私は和田先生に電話をかけた。

『もしもし、神崎さんかな？』

コール音が鳴る前に聞こえた和田先生の声に、少し驚いた。

私から電話があるのを、スマホを見て待っていたのだろうか。

「はい、そうです。何かわかりましたか？」

『ああ、思ったよりも簡単に記事が見つかった。あの日記に日付が書かれていたのが大きかったね』

「ほ、本当ですか？」

先生が調べた、当時の新聞の記事にはこうあったという。

昭和五十五年八月二日に部活動に行った女子学生が、その日家に帰ってこなかった。

親に何も言わずに外泊《がいはく》をするような子ではなかったというが、両親は一晩だけ待って、それでも帰宅しなかったのを心配し、警察《けいさつ》に届けたのだそうだ。

でも、その女子学生の行方《ゆくえ》は結局わからないままで。

今でも未解決《みかいけつ》の行方不明事件になっているとのことだった。

『それでね、その行方不明になった生徒の名前なんだけど……〝篠目《しのめ》ふみ〟というらしいんだ。やっぱり廃校になった高校の生徒だったよ。僕の先輩に当たるわけだね』

「八月二日に行方不明……」

あの日記の内容と照らし合わせると、その篠目ふみで間違いないように思える。

つまり、その日……篠目ふみは作業服の男達に乱暴されて殺された……ということなのだろう。

眠くて頭が回らないはずなのに、それだけはすんなり答えを出すことができた。

というよりも、他の答えなど用意なんてされていないような感覚があった。

「それで、私達はこれからどうすればいいんですか？　どうすれば、この悪夢は解けるんですか⁉」

『いや、それは……ひとつずつ話を整理しよう。呪いの起源であるあの日記が、この篠目ふみの物だとすると、彼女は何を訴えているのか』

何を訴えている……日記の内容は確か。

「自分が誰かわからないようでした。だから〝誰か教えて〟って。それに、〝ずっと一緒にいて〟って書いてありましたね」

声に出してみると、明らかに気味が悪い内容だとわかる。

スマホのスピーカーで話しているから、お風呂上がりの海琉も思い出すように首を傾げた。

『そうだね、そうだった。ひとりは嫌だから誰かずっと一緒にいて、私が誰かわからないから誰か教えて。つまり……どういうことだ。すまない、僕もキミ達ほどではないけど、頭が回らないみたいだ。今は四人でいるかな？　だったらすまないが、少しそちらで考えてくれないかな。僕も急いで戻るから』

「い、いえ。今は私と海琉だけです。光星と摩耶は……その……」

光星と摩耶に何があったかを和田先生に話すと、電話越しでも驚いたのがわかった。

『な、なんだって⁉　まさか……そんな！　僕のせいだ。僕が印を剥ぎ取れば悪夢を見なくなるなんて言ったから……なんてことだ。キ、キミ達は大丈夫かい？　まさか、そんなことをしようなんて考えてないだろうね！　落ち着くんだ、そんなことをしても解決なんてしないよ‼　落ち着いてぇぇぇぇぇっ‼』

「いや先生、あんたが落ち着けよ。俺達はあんなことをするつもりはねぇよ。生きるためならなんだってやってやる。考えろって言うなら考えてやるから、先生も考えながら戻ってきてくれよ。俺達じゃあ、考えが足りないかもしれないからよ」

取り乱す先生に、海琉が呆れたように言い放った。

その言葉に少し落ち着きを取り戻したのか、和田先生の呼吸音が聞こえた。

『ふう……すまない。こんな時は大人の僕がしっかりしなければならないというのに。わかった。急いで行くよ。野澤くんの家で良いのかな？　それまでキミ達で考えていてくれ！』

「わ、わかりました」

そう言って通話を終了させたものの……どこまで考えればいいんだろう。

情報としては、これで全部出たと思うし、〝篠目ふみ〟という人物が行方不明になっていると言われても、その先の情報は何もないのだから。

それでも、先生が来るまでにできるだけ考えるしかなかった。

「じゃあ、話を整理するよ。月菜と海琉、そして多分、進波音の妹が〝呼ばれた〟日記がうちの学校にあったわけでしょ」

「そうだな。もしかすると、進波音が呼ばれて手にしたのを、今度は妹が手にしてうちの学校に持ち込まれたとするなら、あの廃校と繋がりができたってわけだ」

好ましい繋がりではないけど、それならなぜ、うちの学校にそんなものがあるかの説明がつく。

「えっと……その日記の最初の持ち主が、和田先生が調べた〝篠目ふみ〟で。殺されて……自分が誰かわからなくなって、誰かにずっと一緒にいて欲しいって願っているとしたら、どうしてこんな悪夢を見せたりするんだろ」

そこから悪夢の話に飛ぶと、わけがわからない。

「ん……その篠目ふみがよ、ひとりでいたくないから進波音とか早瀬の幽霊と一緒にいたりして……って、おい。適当に言ったけど、これ間違ってねぇんじゃねぇか？」

しつこいようだけど、私達は眠くて眠くてたまらなくて、複雑な思考はできない。

単純に、思ったことを言っているような感じなのに、海琉のその言葉はわかるような気がするよ。

「え、じゃあ……私達も死んだら幽霊になるってこと⁉　で、でも……」

「あー、確かにな。でもよ、今まで見たのは、元祖《がんそ》白い物だろ？　それに早瀬と、若葉が見たっつー下半身が埋もれてるやつの三人だ。早瀬と、進波音、それにその妹だって言うなら、あの日記に〝呼ばれた〟やつばっかだ。多分、〝呼ばれた〟やつが幽霊になるんじゃねぇのか」

「それなら、海琉も死んだら幽霊になるってことじゃないの……」

話せば話すほど、嫌な答えが出てくるようで。

普段の会話なら『もうやめよう』とでも言っている状況だ。

「俺は……死なねぇよ。篠目ふみとかいう顔も見たことねぇやつとそんな約束をした覚えはねぇ。若葉としか約束してねぇからな」

こんな時に何を言ってるんだか。

でも……うれしいけどね。

「つ、次！　光星が聞いた言葉だけど、『死体を見つけなきゃ。家に帰さなきゃ』って白い物が言ってたんだよね」

「そうだな。早瀬は葬式しただろ？　進波音も妹も、行方不明になったわけじゃねぇし、あと誰だっつーと……篠目ふみだよな」

やっぱり篠目ふみに辿り着く。

ここまで話をしただけでも、もう答えなんてわかっている。

「どう考えてもこれは、あの廃校に篠目ふみの死体があるってことだよね。今でも未解決の行方不明ってことは、発見されていないってことだし」

少し結論を急ぎすぎたかなと思うけど、そうだとしか思えないから。

「いやいや、なんでそうなるんだよ。篠目ふみは行方不明なんだろ？　だったら山とかに埋めたほうが見つからないんじゃねぇのか？　なんだって人が多い学校なんかに」

海琉の疑問ももっともだけど、それだとどうしても納得できない点があるから。

「だってさ、篠目ふみは自分が誰か教えて欲しいのもあるけど、誰かにずっと一緒にいて欲しいわけでしょ？　じゃあ、一緒にいるはずの白い物は夢の中でどこにいるのよ」

「そりゃあお前、廃校舎だけどよ」

「でしょ？　ずっと一緒にいて欲しいのに、篠目ふみがいない廃校舎の夢の中にいるっていうのはおかしくない？　山の中に埋められたなら、山の中の夢を見てもおかしくないのに」

フラつく頭で、ギリギリ到達《とうたつ》した考え。

もうこれ以上考えろと言われても、考えられないくらいには頭が回らなくなっているよ。

「うーん。じゃあ、仮に篠目ふみの死体が廃校舎にあるとして……どこにあるんだ？」

「そこまでわからないよ。手がかりなんて何もないもん」

そう、ゴール手前まで来たような感覚はあるけれど、ゴールに辿り着く道が途絶えている。

あの広い学校を今から隅々まで探すのは無理だ。

最後の最後で、肝心な所がわからないのは辛い。

「そういえばよ、篠目ふみか。あいつの日記にも書いてあったよな。〝ミシナンネ〟ってよ。あれ、並べ替えたら〝シノメフミ〟になるんじゃねぇか？」

「うん、なんとなくだけどそんな気がするよ。ほら、日記の文字は色々おかしかったんだよね。〝ナ〟が〝メ〟に見えたし、〝ネ〟は他の文字より大きかったから」

シノメフミだと言うのなら、誰がなんのためにそんなことをしたのかはわからないけど、その文字の違和感の正体がわかる。

「〝ン〟もおかしかったぜ。点を後で足したような感じだ。あれが元は点が書かれてないとすると〝ノ〟になるな。〝ネ〟の中にも〝フ〟の文字が隠れてやがる。先生が調べた篠目ふみと、知ってはならない言葉のアナグラム、〝シノメフミ〟……こりゃあ間違いねぇだろ」

偶然……か。

本当は〝ミシメノフ〟と書かれていたものが、いつの間にか〝ミシナンネ〟と形を変えた。

変化した文字のアナグラムが〝シンナミネ〟になるなんてね。

おかげで私達は、一度凄まじい絶望を味わうことになったわけだけど。

でも、もうここまで来たら絶望なんてしていられないよ。

ピンポーン。

しばらくして、インターホンの音が部屋に響き渡った。

この家で二度、白い物がやってくる時にこの音が鳴っていたから、ビクッと身体が反応してしまう。

焦りつつ、壁にかけられたモニターを見てみると……。

「やっとご到着か。待ってたぜ、和田先生よ」

海琉がそのモニターから、ドアの解錠ボタンを押して、先生に呼びかけた。

和田先生は目をこすりながら画面から消えて、玄関のドアが開く音が聞こえた。

そして、階段を上がって私達の前に姿を見せたのだ。

「そ、それでどうだい？　考えはまとまったかい？」

「はい……多分、これで合ってると思うんですけど」

私は、海琉とふたりで考えたことを先生に話し始めた。

難しい顔をしながら、先生は私の言葉をふんふんと頷きながら聞いている。

そして、結論を話し終わると、先生は大きなため息をひとつ。

「そうか……やはりあの高校に。僕もここに向かいながら、そうじゃないかとは考えていたんだ。キミ達は、篠目ふみの死体を見つけて、名前を教えて家に帰すことで、悪夢が終わると言いたいんだね」

「もう、それしか考えられません。それが違うとなると、私達には手の打ちようがありません」

「悪夢、そして日記と実際にあった事件。それに木之本くんが聞いた白い物の声。それらをまとめると、ひとつの真実につき当たるというわけか。なるほど、悪夢から逃げだした僕が、真実に辿り着けなかったわけだ」

「でも、篠目ふみがどこにいるのかがわかりません。日記には、冷たくて重いって書いてあったから、そういう場所なんでしょうけど」

冷たいというなら、プールとか池とか？

重いというなら、重りでもつけられて……かなと思ったけれど、和田先生の言葉は私の考えを否定した。

「水の底かなと思ったけど、あの学校にはそんなに深い水場はない。プールなんかだと、すぐに見つかるだろうからね。となると……どこだろう。神崎さん、そういえば、とんでもない白い物を見たって言っていたよね？」

そういえば、校舎の中で聞くと言ったまま和田先生に話してなかったな。

「え、ええ。最初は上半身で、私に近づくたび、ゆっくりと床から出てくるみたいに脚が現れました。真顔で……笑ってなくて。それで、私の心臓を引っ張りだして食べられました」

その時のことを思い出すだけで、胸が苦しくなって呼吸が荒くなる。

それくらい苦しくて、生命を削り取られているような感覚さえある。

「……確かに違う。だが、今の僕達にはそれがどうだとか議論している暇はない。議論などしても、それが正しいか知る由もないのだから。行こう。あの学校に」

篠目ふみの死体を探すのなら、それは避けられないと思っていたけど、思ったよりも行動が早い。

「和田先生、それなら月菜のノートと、あの日記を持っていかないと。悪夢の中では月菜も進波音もいました。となると、あの学校にもいるかもしれないです」

「あ、ああ。そうだね。丸山には学校まで来てもらおう。ノートと日記を回収して、移動するとしようか」

月菜のノートに書かれていた最後の項目、〝これは元の場所に還さなければならない〟という文章。

ノートやルーズリーフを本人に還せということかと思ったけど、篠目ふみの話を聞いた後ではそれは違うような気がする。

確かに本人に突きつけたら一時的に消滅《しょうめつ》はしたけど……あれは本当に消滅したわけ

ではなさそう。

「そう思った」ことによって消えた、私達が見たただの幻覚だったんじゃないかなって。

集団催眠《さいみん》って言葉もあるくらいだから、こんな呪いの中にいる私達が集団幻覚を見るというのもありえない話じゃない。

お守りみたいな感覚だけど、あのノートと日記は、あったほうがいいと思えた。

私達三人は、海琉の家を出て学校へと向かった。

「それにしても、何で日記とノートなんだよ！　そんなもん本当にいるのかよ！　あれだろ、篠目ふみは自分が誰なのかを知りたいだけじゃねぇのか⁉」

「僕はね、思うんだよ。元の場所に還さなければならないというのは、篠目ふみに還すのではないかとね。そうでなければ、もはや僕達に打つ手はないよ」

確信……と言うよりは希望。

一度潰《つい》えた希望が、再び目の前に現れたのだから、この機会を逃すわけにはいかない。

もしもこれが失敗すれば……私も、摩耶達と同じ道を歩んでしまうかもしれないという考えが頭をよぎる。

「俺達にはもう、後なんてねぇだろ！　和田先生は最後まで考え続けてくれよ！　俺と若葉には、もう思考力なんてねぇからよ！」

「は、はは。そうだね。考え事はするけど、難しいことは考えられないね」

眠気を堪《こら》えるために歩いてはいるけど、走るほどの体力は残っていない。

全身がふわっとした倦怠感に包まれて、身体を動かすのももう億劫《おっくう》になっている。

だから、早歩きが精一杯。

そんな、肉体的にも精神的にもボロボロの中で、私達は学校に辿り着いた。

「丸山さんはまだ来てねぇな。なら、今のうちに日記とノートの回収だな」

「ああ、丸山には機材《きざい》を準備してもらっている。だから、取りにいく時間くらいはあるさ」

「んじゃあ、俺と若葉は早瀬のノートを取ってくるから、先生は日記を頼んだぜ。まさかひとりでは怖いとか言わないよな？」

いや、いくらなんでもそれは和田先生に失礼なんじゃないかな。

子どものおつかいじゃないんだから。

「ま、ま、まさかそんなわけ！　だ、だ、大丈夫さ大丈夫さ。僕は怖くない……そうさ！　僕は怖くないさ！」

あ、これ……すっごく怖がってるやつだ。

でも、私も先生のことを言えるほど余裕なんてないんだよね。

いつ、どこから白い物が現れるかわからない。

それが幽霊なのか、私が見ている幻覚なのかさえわからない。

それなのに、感じる痛みと苦しさは現実としか思えなくて、今までに味わったものは、もれなく鮮明に思い出すことができるのだから。

二度とあんな苦しみを味わいたくないと思いながら、何度味わってしまったか。

「行こう。ここまで来たら、何度苦痛を味わっても進まなきゃ」

誰に、と言うよりも自分に言い聞かせるように呟いて、私は学校に足を踏み入れた。

月菜のノートを回収するだけなら、たいした労力《ろうりょく》じゃない。

「日記を回収したら向かうから、先に校門の前で待っていてくれ」

「そっちは任せたぜ、先生」

海琉とふたり、廊下を歩いて私達の教室へと向かう。

誰もいない学校というのは、いつもと違って静かで冷たくて……気味が悪い。

廊下のつき当たりに、幽霊でもいるんじゃないかって思うくらいには。

……なんて、その幽霊にここ最近悩まされ続けてるのに、今更それを怖がってもね。

そんなことを考えている間に、教室に到着。

ドアを開けると……なんだか異様《いよう》な雰囲気が漂っている。

「おいおい……こりゃあなんの冗談だよ」

その理由は、部屋の中を見てわかった。

月菜の机の上に置かれている、花を活《い》けた花瓶と同じものが、私、海琉、光星、そして摩耶の机にもあったのだから。

その花は既にしおれていて、お前達は死ぬんだと言わんばかりだ。

「けっ。こんなのにビビるかよ。どうせなら直接来いっての」

そう言い、教室の中に入った海琉。

できれば直接来られるのは勘弁だけど、確かに今更感があるよね。

私も教室に入り、海琉と共に月菜の机の前に。

椅子を引き、ノートを取ろうと机の中に手を入れた。

その時だった。

ギュッと手首を凄まじい力で掴まれて、私は慌てて手を引いた。

「ひいっ‼」

「うおっ！」

机の中から、ズルリと引きだされた、細く長い腕。

それだけじゃない。

他にも何本も、私達がノートを回収するのを阻《はば》むかのように、机の中から白い腕が伸びていたのだ。

「オオオオオオオオン……」

まるで、こっちに来いと言わんばかりに、手招きをしているようで。

低い呻き声のようなものが、さらに不気味さを醸《かも》しだす。

ゾワゾワっと全身に鳥肌が立つのがわかった。

それほどにおぞましい、ひとつの生き物のような気持ち悪さを感じた。

「く、くそっ！　邪魔するんじゃねぇ！　何度も何度も殺しやがってよ！　ぶっ殺すぞ！」

声を上げ、机の上の花瓶を手に取った海琉は、その腕の群れを殴りつけたのだ。

「オオオオオオオ……」

殴りつけられた腕が、ひとつひとつ引っ込んでいく。

そして、最後の腕を殴りつけると……元の机に戻ったのだ。

「ハァ……ハァ……ふざけんなこの野郎‼」

花瓶を床に投げ捨てて、ガシャンという音が聞こえた後に、海琉は机の中のノートを手に取った。

「い、今の何……」

あまりに想像を絶する光景に、それくらいしか言えなかった。

「知るかよ。多分あれだろ。終わりに近づいてるって、あいつらもわかってんじゃねぇの？」

だったら、邪魔をしないで欲しいよ。

どうして私達の邪魔をするんだか。

「でも、ノートは回収できたね。この様子だと、和田先生のほうもどうかわからないけど……」

「あの先生ならなんとかするだろ。校門に行くぞ」

その言葉は予想外だった。

いつも怯えてて、空気を読まない頼りない先生という印象を私はもっていたのに。

海琉も結構バカにしてたと思ったけど、本心は違うのかな。

教室を出て、生徒玄関に向かっていると……前方に誰かいる。

学校指定の制服に、奇妙な立ち姿。

こちらに背を向けているけど、白い足と手が見えていて。

「月菜……」

私がそう呟いた瞬間、首だけがグリンと一八〇度回転し、不気味な笑い顔が私達を見たのだ。

「う、うおっ！　気持ちわりぃ‼」

そして、首から下を徐々に回転させて、私達と向きあうように、前方に立ちはだかったのだ。

「アヒャヒャヒャヒャヒャヒャヒャヒャヒャ‼」

笑いながら、恐ろしい速度で距離を詰める。

ノートを押し当てれば、月菜は消えるかもしれない。

海琉に渡されたノートを、ギュッと胸の前に抱いて。

月菜の手が伸びる。

私の顔に向かって。

「月菜……ごめんね」

目を閉じて、祈るようにそう呟いた。

ほんの一瞬……空気が穏やかになったような気がした。

ゆっくりと目を開けると、真っ白で、気味の悪い笑顔の月菜が、まるで一時停止でもしたようにピタリと止まっていたのだ。

「月菜の苦しみに気付いてあげられなくてごめん。でも、終わらせるから。月菜が安らかに眠れるように、私、頑張るから」

できるなら、月菜が生きている時に言ってあげたかった。

今になってだけど、その苦しみを分けあえれば、月菜はひとりで苦しむことはなかったかもしれない。

なかったから。

「お、おい……」

何が起こったんだと、海琉も不思議そうに見ている。

私だって何が起こっているのかなんてわからないし、こんなことになるなんて思わ
なかったから。

「ア、アア……若……葉……アア……」

低く、唸るような声を上げて、その目からスーッと一筋の涙がこぼれ落ちた。

「月菜、後は私達に任せて」

そう呟いて、月菜にそっと触れると……弾けるように黒い霧が辺りに飛び散った。

なんとなくだけど、月菜の苦しみを理解できたことで、想いを伝えることができた
んだと思う。

「な、なんだったんだ今のは……大丈夫か？　若葉」

「うん、私は大丈夫。校門に行こう」

今、やっとわかった。

ノートがふやけて波打っていたのは、狂った月菜のよだれが落ちたものじゃない。

眠気と苦痛に耐え続けた月菜が、流していた涙だったんじゃないかって。

私達の経験と照らし合わせても、月菜の行動は理解できるし、誰にも相談しなかったのは、きっと被害者《ひがいしゃ》を増やさないため。

優しい月菜は、最後まで優しかったんだ。

生徒玄関から校門に向かった私達。

ちょうど、丸山さんの車が校門の向こうに見えて。

私と海琉は顔を見合わせてそこに急いだ。

「急に連絡があったと思ったら……ノブリンはどこだ？」

「和田先生は、必要な物を取りにいっています。ありがとうございます、丸山さん」

相変わらずみごとなスキンヘッドで、太陽の光を浴びて光り輝いていた。

「気にするな。それにしてもノブリンは何をするつもりなんだ？　俺にあんなものを持ってこいだなんてな」

あんなものって何だろう。

私も和田先生の考えはわからない。

その考えを聞くよりも先に、ノートと日記の回収に来たのだから。

「ぎぃやあああぁぁぁぁぁっ‼　あ、悪霊退散《あくりょうたいさん》！　悪霊退散！　ひえぇぇぇぇっ‼」

校門付近にいても、校舎内の和田先生の悲鳴が聞こえてくる。

私達と同じように、白い物に襲われているのか。

「ずいぶん派手な悲鳴を上げてるな。やっぱり行くべきだったか？」

心配と言うよりは呆れたような表情で、校舎を見る海琉。

「大丈夫だろう。ノブリンは臆病《おくびょう》だからな。臆病がゆえに、危険には敏感《びんかん》だ。だから心配するな」

ポンッと海琉の肩に手を置き、穏やかな微笑みを浮かべた丸山さん。

だが、次の瞬間。

「ひ、ひえぇぇぇぇぇぇっ‼」

ガシャンという、窓ガラスが割れる音と共に、和田先生が校舎の二階の窓から外に飛びだしたのだ。

落下地点には花壇があって、その上に背中から落下する。

「お、おいおい！　めちゃくちゃ危険なことしやがったぞ！　何考えてんだあの先生は！」

「う、うーむ。いつも俺の想像を超えるからな、ノブリンは」

「なんて冷静に言ってる場合じゃないでしょ！　丸山さん、先生を運んで！」

今の落ち方は、白い物に投げ飛ばされたのか、それとも恐怖のあまり和田先生が飛びだしたのかはわからないけど、かなり危ないんじゃないかな。

和田先生のダイブを見て、慌てて花壇に駆け寄った私達。

ピクピクと動く和田先生のその手には、しっかりと日記が握られていて、必死だったのがわかる。

「おい！　大丈夫かよ先生！」

「う、うーん……だ、大丈夫さ。しっかり受け身は取ったからね。ただ、無理はするもんじゃないね」

普通二階から飛び降りたら、打ちどころが悪かったら死んじゃうよ。

それでも大丈夫だということは、ここまで和田先生の計算の範囲内ということなんだろうか。

「丸山もありがとう。ここからはキミの力も必要になるから、頼りにしているよ」

痛そうに身体を動かしながら、丸山さんを見た和田先生。

「それはいいですけど。一体何をするつもりですか？　車の中で詳しい話は聞きますけど」

私達だけじゃなく、丸山さんにも手伝ってもらわなければならないんだ。

確かに私達は、白い物に襲われるし、丸山さんが襲われないというなら手伝ってもらえるのはありがたい。

「それにしても無茶だぜ、先生。なんだって二階の窓から飛びだしたんだよ。アスファルトに落ちてたら死んでたかもしれねぇぞ？」

「い、いや……恐ろしかったよ。この短い時間に何度も噛みつかれてね。痛みに耐えかねて飛びだした先が花壇で本当に良かった」

車に移動しながら、私達は先生に何があったのかを聞いた。

どうやら、日記を回収する前に白い物に襲われ、噛みつかれたけれど、白い物は消えるわけでもなくずっと死の苦しみを与え続けられたようで。

その苦痛の中、なんとか日記を回収して白い物を振りほどいたけれど、追いつかれては噛みつかれてを繰り返して、逃げるために窓ガラスを突き破ったということだ。

「で、今からどうするんだ？　篠目ふみの死体がどこにあるかなんてわからねぇんだろ？　悪夢の中で出口を探すのとはわけが違うんだぞ」

「あ、ああ……僕は思うんだ。いや、確信しているんだよ。あの、篠目ふみの〝呪い〟とも言える悪夢。白い物の言葉も、知ってはならない言葉も、全て篠目ふみに繋がっている。無意味な物なんて何ひとつとしてないんだ」

その話を、私達だけではなく丸山さんも不安そうに聞いている。

こんなに強そうな人が、こんな表情をするなんて思わなかったな。

「ノ、ノブリン……何か関わりあいになりたくないことに俺を巻き込もうとしてませんか？　筋肉で解決できないことは苦手なんですけど」

「すまない丸山。どうしてもキミの協力が必要なんだ。僕だけじゃない、神崎さんと野澤くんの命も助けると思って……頼む」

「ま、まあ、ノブリンがそう言うなら。それに、野澤を失うのは惜しいですからね。

……わ、私は？

わかりました。なんだってやりますよ」

なんだか丸山さんの目には私は映ってないように思ってしまうな。

「だから、神崎さんが見た『とんでもない白い物』というのが現れた場所が気になる。下半身が床に埋まっている白い物……それに、笑っていなかったんだろう？　もう、そこに賭《か》けるしかない」

「おいおい、ずいぶん曖昧《あいまい》だな。冷たくて重いって書いてあるだろ、これによ。若葉が白い物を見た場所は校舎の中なんだぜ？」

バシッと日記を叩いて、海琉が先生に反論する。

私には何が正しいのかはわからない。

先生の勘が当たっているのか、間違っているのか。

だけど、私もその気持ちはわかる。

追い詰められている状況だと、なんだって信じたくなるような心境になってくるから。

それに、和田先生が言うように、もうそれしかすがる物がないのが現状なのだ。

「校舎の中だろうと外だろうと、可能性があるならそこを当たるだけだよ。あの広い学校で、敷地内全てを探すなんて不可能だからね」

「待て待て、若葉が見た場所は校舎の一階の床だぞ？」

「ああ、だから丸山には持ってきてもらったのさ。削岩機《さくがんき》やつるはしをね」

そう聞くと、和田先生は最初から篠目ふみの居場所はそこだと確信していたようにしか思えないよ。

和田先生がそう思っているなら、私もそれを信じるしかなかった。

もう、他の道を考えている余裕なんてなかったから。

そして、ついに廃校に到着した。

車から降りた私達は、丸山さんに手渡された道具を手に校門の前に立つ。

「先生は篠目ふみが、若葉が白い物を見た場所にいると思ってんだな？」

「わからない……わからないが、怪しいと思った場所を掘り返すしかない。そこがダメなら、他の怪しい場所だ」

「まあいいや。これがダメならどの道、俺達は詰むんだからな。じっくり考えてる暇なんてねぇからよ。先生の勘、信じるぜ」

ハンマーを肩に担《かつ》ぎ、バシッと先生の背中を叩く海琉。

つるはしを持った先生は、その一撃でバランスを崩してよろめいた。

「じゃあ、行くよ。もしも違ったら皆ごめん！」

そう言い、私達は校門の横のバリケードを抜けて、敷地内に入った。

前回来た時と同じように、来客用玄関に向かって。

ガラスが割れたドアから校舎内に入ると……感じる、身体中にまとわりつくような
ドロッとした重い空気。

「うっ！　な、なんだこの空気は……まるで水の中にでもいるような……」

「ああ、こりゃあいよいよって感じだよな。でも、足を止めてなんていられねぇ。俺達はもう限界なんだよ、眠気も、空腹もな」

このひどく重い空気の中、私達は歩き始めた。

今までにない不穏な空気。

心臓がバクバク激しく動き始め、白い物にしがみつかれているかのような、不気味で重さを感じる。

呼吸をすれば、身体の中からカミソリで切り裂かれるような、鋭く冷たい空気で満たされる。

移動どころか、この場所にいるのが無理だと本能で感じてしまうレベル。

「あああぁぁ……行かないでぇ。ずっと一緒にいようよぉ……」

身体に付いた印が、悶えるように声を上げ始める。

「黙って。もう、惑わされないんだから」

ここまで来て引き返すなんてできない。

「……ずいぶん雰囲気のある廃墟ですね。でも、どうして皆はそんなに苦しそうなんだ……？」

何やらドリルのような機械を担いだ丸山さんが、不思議そうに私達を見回して尋ねた。

そうか、丸山さんには印が付いていないし、悪夢も見ていないから何も感じないんだ。

「すまない丸山。全てが終わったら説明するよ。今は、作業に集中させてくれ」

「あ、ああ。はい」

無関係の丸山さんに手伝ってもらってなんだけど、私が丸山さんの立場だったら、こんな廃校に来るのは嫌だろうな。

玄関前を通り過ぎ、階段を上って二階に。

そして左に曲がって音楽室がある校舎へ移動しようとした時だった。

廊下の奥、昼だというのに暗い場所に、ハッキリと白い顔が浮かび上がっているのが見えたのだ。

あんな遠い場所にいるのに、その表情までわかる。

その立ち姿に、冷たい空気が肌を撫で回すような悪寒と不快感に包まれた。

「波音……僕達の邪魔をしないでくれ。僕達の前に立たないでくれ！」

そう言って、最初に歩きだしたのは和田先生。

ジッと白い物を見詰め、視線を逸らさない。

廊下を歩き、渡り廊下を渡り、白い物に近づく。

手前にある階段を下りるか、それとも白い物がいる近くの階段を下りるか。

どちらも同じに思えるけど……。

「ここの階段を下りよう。僕が最後まで波音を見ている。キミ達は踊り場で、波音が来たらすぐに見てくれ」

「わかった。任せろよ」

和田先生が廊下に残って白い物の動きを止める。

その間に私達は階段の踊り場に移動して、和田先生のほうを向く。

「いいぜ、ゆっくりこっちに来いよ」

海琉の言葉に頷いて、壁際を歩いて階段に向かった和田先生。

視線が切れるギリギリの所で、慌ててこちらに向かって駆けだした。

と同時に廊下から現れた白い物。

肩を上下に揺らし、首だけがこちらを向いて、その動きを止めた。

「ふーっ！　ふーっ！　相変わらず……怖いもんだね」

遠くにいても怖いのに、今はこんなに近くにいる。

不気味に笑っているのもそうだけど、肌が真っ白になっているというのも改めて考えるとかなり怖いよ。

次は踊り場。

ここは自由に動ける範囲が小さい割《わり》に、すぐに視線が切れてしまうから難しい。

「つ、次はここだ。野澤くんは階段の上、丸山と神崎さんは一階で待機してくれ」

和田先生の指示通り、一階に移動したけれど……廊下に出た私は、今までにない悪寒を身体中に感じることになった。

何かおかしい……雰囲気が今までと全然違う。

まとわりつく空気がさらに重くなって、足が動かないくらいに。

水ではなく、泥《どろ》に埋もれているかのような重さを感じた。

「ひいぃぃぃぃぃっ‼　あぐっ‼」

その悲鳴に頭を上げて見てみると、和田先生が頭部を白い物に噛みつかれて、脳みそが引きずりだされていた。

「先生！　くっ！」

白い物を見詰めながら、海琉がパンッと手を打った。

と同時に、元の姿に戻り、階段を転がり下りる和田先生。

「ハァ……ハァ……も、もう何度死んだだろうね……うっ！　な、なんだこの空気は！」

私の隣に立ち、身震いをして辺りを見回す。

私が例の白い物を見た場所は、この廊下の奥。

だけど、目の前には白い物。

こんな中でまともに作業なんてできるのかという不安が、私の心を押し潰そうとしていた。

「おい！ まだかよ！」

踊り場で白い物を見詰めている海琉が声を上げ、和田先生は慌てた様子で視線を戻した。

「だ、大丈夫だ、野澤くん。移動してくれ」

和田先生の言葉に小さく舌打ちし、一階に下りた海琉。

そして、この空気を感じたのだろう。

声には出さなかったけれど、眉間にシワを寄せて、額の汗を拭った。

「な、なあ。ノブリンやお前達が何をしているのかなんて、やっぱり聞かないほうが良いか？」

「そ、そうですね。丸山さんには見えないと思いますから。知らないほうがいいと思います」

「だよな。俺もそんな気がする」

私も元々霊感なんてないし、そんな自分が普通だと思っていたけど、今となっては幽霊が見えないことがこんなに羨《うらや》ましいと思うなんて。

　それが幸せだと思う時が来るなんて考えもしなかった。

「よ、よし。じゃあキミ達は、神崎さんが白い物を見た場所まで行ってくれ。きっとそこに篠目ふみの遺体《いたい》が埋められているはず……うん？」

　和田先生が、そこまで言って首を傾げた。

　何か気になることでもあったのかと、和田先生を見てみると……何を考えているのか、視線が左右に揺れていたのだ。

「せ、先生⁉」

　視線を逸らせば白い物が動きだすのに！

　と、そう思ったけれど……白い物は踊り場から一階には下りてこなかったのだ。

　それどころか、白い物の身体がガタガタと震えているような。

「なんなんだ……一体。でも、下りてこねぇなら都合がいいぜ。さっさと行くぞ。こんな場所、早く離れたいからな」

　海琉の言葉で、廊下の奥へと移動を始めた。

　でも、奥に進むにつれて、ひどく重く、痛い空気が全身を包み込んで。

まるで見えない壁でもあるかのように、歩くだけで精一杯だった。

眠気と、意識がハッキリとしない状況下で、そんなふうに感じているのかとも思ったけれど。

なんとか……その場所に辿り着くことができた。

「ここ……だよな、明らかに。なんだよこれ……」

「ぼ、僕が在学中はこんなことにはなっていなかった。当然だが、こんなことになっていれば、誰かが気付くだろうからね」

その光景を見て、海琉と和田先生が息を飲んだ。

いや、ふたりだけじゃない。

私も……そして丸山さんも、間違いなくここに〝それ〟はあると肌で感じたのだ。

階段の横、外に出る引き戸が奥にある暗い通路。

そこが、人の形に見える盛り上がりを見せていたのだから。

「い、一体……一体何を掘り返そうとしているんですかノブリン！　い、いや、今までの話で、なんとなくわかりますけれど」

「すまない丸山。僕達は何十年も前に殺された女子生徒の呪いの中にいる。彼女を見つけないと、恐らく僕達は死んでしまうだろう。だから、彼女の遺体を見つけないといけないんだ。その彼女が、今目の前にいる」

和田先生の話を聞いて、どういう感情なのか、戸惑いを見せた丸山さん。

怯えた表情を見せたかと思うと、左手でバシッと自分の顔を叩いて。

「……何がなんだかわからないですけど、わかりました。俺に任せてください」

そう言って、肩に担いでいた機械を下ろした。

その機械に付いている紐《ひも》を引いて、エンジンをかけたのだろう。

この静かな廃校に、派手な音が鳴り響いた。

丸山さんが、削岩機を床の盛り上がった場所に当てて。

床に穴を空けていく。

と、同時に校舎が震え始めたのだ。

この震えのせいか、悲鳴のような声が聞こえ始める。

「アアアアアアアアアァァァァッ‼」

「な、なんだこの声は……いや、音か⁉」

「そうじゃねぇだろ先生！　大丈夫なのかよこれ！　振動《しんどう》で校舎が崩れんじゃねぇのか⁉」

海琉の心配はもっともだ。

振動のせいなのか、それとも篠目ふみが起こしているのか、天井がパラパラと崩れているし、いつ崩壊《ほうかい》してもおかしくないと思えるくらいに揺れているから。

「やるしかないだろう！　このまま放置していても、僕達は近いうちに死んでしまうんだ！　命を賭けるよ。これが、僕が逃げだした悪夢の結末だというなら！」

「くっ！　早く頼むぜ！　若葉、ノートと日記は持ってるな⁉」

不安そうな表情を見せて、私を見た海琉。

「うん、持ってるよ。これを還せば……あっ！」

私はそこまで言って、とんでもないことに気付いてしまった。

この場所に辿り着くことに必死で、進波音のルーズリーフを回収してない！

「か、海琉！　ルーズリーフをまだ回収してない！　取りにいかなきゃ！」

「な……くそっ！　すっかり忘れてたぜ！　おい、先生！　ここは丸山さんと先生に任せたぜ！　俺と若葉は、進波音のルーズリーフを回収してくる！」

削岩機の音がうるさくて、和田先生は首を傾げていたけど、私の手元を見て気付いたのか、驚いたように首を縦に振った。

ここに来るまでに、あの教室の近くは通ったのに。

空気の重さに気を取られて、そこまで頭が回らなかった。

今来た道には、白い物がいるかもしれない。

そう考えて、私達は目の前にある階段を上って二階に。

一旦《いったん》外に出て……とも考えたけど、木の板が打ちつけてあって、それを壊す時間がもったいないなんて思ってしまったから。

眠くて判断力がかなり低下している。

「それにしてもすげぇ振動と音だな。こりゃあ、本当に校舎が崩れそうじゃねぇかよ」

まあ、実際にはそう簡単に崩れるとは思わないけど、この廃校に限っては、海琉が言うように崩れてしまいそうな不安があった。

「その前に終わらせよう。もうゴールに辿り着いたんだから」

ここから先は、たとえ白い物に何をされたとしてもやるしかない。

足を千切られても、首を飛ばされても、幻覚なんだから。

強い気持ちをもっていれば、死にはしない。

本当に死ぬより全然マシだ。

「行かないでぇ……ほら、もう眠ろうよぉ」

首で話し始める印が鬱陶《うっとう》しい。

パシンと首を叩き、なんとか気をしっかり保つ。

「よし、走るぞ！　そんなに遠くはねえ！　回収して、すぐに戻るぞ！」

「うん！」

海琉が私の手を取り、ギュッと握ると、長い廊下を走り始めた。

「フヒヒヒヒヒヒヒヒヒヒッ！」

渡り廊下に差しかかった時、後ろから白い物の笑い声が聞こえた。

慌てて振り返ってみると、進波音が私達に向かって接近していたのだ。

「俺が引きつけるから、若葉はルーズリーフを取りにいけ！」

手を離し、私の背中を押して前に行かせる。

一度握られた手を離すのは寂しい。

だけど、私は自分の手をギュッと握って。

「わかった。任せたからね」

「おう」

短いやり取りをして、私は廊下を走り、階段を下りた。

「オラ！　こっちだ進波音！　俺を殺してみろよ‼」

二階から聞こえる、威勢《いせい》の良い海琉の声が心地いい。

一階、進波音の机が置かれている教室。

そこに辿り着いた私は、急いで机に駆け寄って、その中に手を突っ込んだ。

手に触れる紙の感触《かんしょく》。

それを掴んで机の中から取り出した時……目の前に、笑みを浮かべたブレザーの白い物……月菜が現れたのだ。

「つ、月菜……」

さっきは私の名前を呼んでくれたけど、この廃校で出会うと雰囲気が違ってくる。

ダメだ、息を止めなきゃと、慌てて息を止めて月菜のノートを取り出した。

月菜には、月菜のノートを押しつければ消えるはず。

そう思って、この重い空気の中で息を止めているけど……。

ガクンガクンと肩を揺らしながら、月菜は私に近づいてきた。

「ひっ！」と、心の中で悲鳴を上げて、漏れそうになる息を必死に止める。

少し離れた場所で、私の顔をジッと覗き込んで。

ノートを押し当てたいけど、少しでも動くと息が漏れてしまいそう。

体調の関係か、それともこの空気のせいか、十秒も経っていないのに、もう限界。

また苦痛を味わうのは嫌だけど、本当に死ぬわけじゃない。

もう、息が漏れる……と諦めそうになる寸前。

「若……葉……私の……友達……」

そう言ったかと思うと、相変わらずの動きで教室から出ていったのだ。
何が起こったのかはわからない。
わからないけど、月菜は私だとわかってくれたんだという安心感と共に、息を吐いた。
私達だけじゃなくて、月菜も終わりが近いとわかっているのかな。
都合のいい解釈《かいしゃく》かもしれないけど、そう思ってしまう。
最期まで苦しみ続けた月菜。
そんな月菜を、これで救えるかもしれないんだと考えて、私も廊下に出た。
廊下を走り、二階に上がって、海琉の姿を探す。
「ルーズリーフを回収したよ！　海琉！　どこにいるの⁉」
声を出してその返事を待つと、隣の教室から声が聞こえた。
「おう、今行くぜ！」
白い物を上手く誘導して、教室の中に入ったのだろう。
ゆっくりと廊下に出て、ドアを閉めた海琉。
その瞬間、ドンドンとドアの内側から激しい音が聞こえた。

「早く！　こっち！」

海琉の代わりに私が白い物を見る準備はできている。

私のその声に頷き、こちらに向かって駆けだした。

その直後、ドアが倒れて、中から白い物が現れた。

動きを止めるために、ジッとその姿を見詰める。

「助かったぜ若葉。ちょっと待ってろよ」

私の肩をポンと叩いて、渡り廊下のほうに走っていく。

そして、「階段まで走れ」という声を聞いて、私は渡り廊下の向こうにある階段へと走った。

白い物は、なぜだか知らないけれど一階にはやってこない。

もしかすると、篠目ふみを恐れているのかな。

夢の中で見た篠目ふみは、他の白い物とは全く違う恐ろしさを感じたから。

でも、それももう終わる。

この呪われたノート達を、篠目ふみに還せば。

こうしてなんとか一階にやってきた私達。

やはり白い物は階段の踊り場で動きを止め、一階にやってくる様子はなかった。

削岩機の音が激しく、ボロボロと天井が崩れている中で、私達は例の場所に戻ってきた。

「持ってきたぜルーズリーフ！　そっちはどうだよ！」

「野澤くん、神崎さん！　早かったじゃないか！　こっちは……思ったより進んでいなくてね。でも、もうすぐだと思う！」

と、和田先生が視線を床の盛り上がりに向けた時だった。

削岩機が、床の中の空洞《くうどう》に到達したのか、音が変わった。

その瞬間。

「ぎゃああああああああああああっ‼」

そこから噴きだす悲鳴と赤い液体。

まるで噴水《ふんすい》のように、丸山さんを赤く染《そ》めるけれど……当の丸山さんは何事もないかのように。

「ひぃぃぃぃっ‼　ま、丸山、だ、大丈夫か‼」

その声と光景に悲鳴を上げた和田先生。

「大丈夫かって、何がです？」

和田先生に首を傾げてみせ、再び削岩機を別の場所に当てて、再び床を削り始めたのだ。

「い、今のなんなんだよ！　それにこの血は……」

丸山さんの様子を見ると、海琉だって気付いているに違いない。

これは、私達にしか見えないのだと。

どんどん床が削られる。

その都度噴きだす血に、言いようのない不安を感じる。

「ね、ねえ。本当にこれ、大丈夫なの？　なんだか怖いよ……」

「こ、ここまで来て何言ってんだよ。気持ち悪くても怖くても、やるしかねぇだろ」

それはわかってる。

ここに埋まっているであろう、篠目ふみを掘り返して、家に帰さなければならない。

それがこの呪いの終わりかどうかはわからないけど、やらなければそれすらわからないのだと。

「ふぅ……ここまでやれば、後はつるはしで掘り起こせるでしょう」

床に穴が空いて、そこから血が噴きだしている。

これを掘り起こさなきゃならないのか。

チラリと和田先生の顔を見ると、顔面蒼白で。

さすがにここに篠目ふみがいると思うと、その死体を掘り起こすのが嫌なのはわかるけども。

「え、ええいっ！　やってやる！　やってやるぞ！　僕の……僕達の悪夢をここで終わらせるんだ！　そうさ！　終わらせてやるんだ‼」

とうとう覚悟を決めたのか、和田先生が手に構えたつるはしを床の穴に差し込んで。

コンクリート片を剥がすように、つるはしを引いたのだ。

その下から現れた、白い布のような物。

ボロボロになっているけれど、それは恐らくセーラー服だった。

「い、いた……彼女が篠目ふみ……」

コンクリート片を次々とどかすと、その全身があらわになっていく。

セーラー服に包まれた、白骨化《はっこつ》した遺体。

それが、名前しか知らない篠目ふみという女子生徒だと私達は理解した。

「ノ、ノブリン……こ、これは警察を呼ばなきゃならないやつですよね」

「あ、ああ。警察に電話しよう。でも、その前にまだやらなければならないことがある。神崎さん」

和田先生に促されて、私はノートを手に、ゆっくりと篠目ふみの遺体に近づいた。

屈んで、手を合わせて。

そっと、その遺体の上にまとめたノートを置いて。

「あなたは篠目ふみ。もうすぐ家に帰ることができるからね。だからお願い……もう、全部終わりにしよう」

そう囁いた。

だけど、何かが変わったような感覚はない。

呪いを解くって、こんな感じなのかなと思って、振り返ろうとした時だった。

篠目ふみの遺体の上に置いた日記が、パラパラとめくられて……何も書かれていないページに、文字が浮かび上がってきたのだ。

「な、なんだ!? これで終わったんじゃないのか!? 何が起こってるんだ!」

「し、知るかよ!! 先生が言ったんじゃねぇのかよ!!」

私だって何がなんだか全く理解できない状況だ。

日記に浮かび上がった文字。

ミンナシネミンナシ

ネミンナシネ。

「ひっ‼」

知ってはならない言葉が浮かび上がったと思ったけれど、よく見れば「ミンナシネ《皆死ね》」と書いてある。

呪いは……解けないの？

恐怖と同時に、絶望が私の胸に去来《きょらい》する。

「なぜだ！　なぜダメなんだ！　何が間違っているんだ！　死体は見つけた！　見つけたんだ！」

半狂乱気味に、和田先生が私を押し退けて日記とノート、そしてルーズリーフを手に取った。ノートを開き、最初のページに書かれている文章を、指でなぞりながら鬼気迫る表情を浮かべる。

そして、何かに気付いたように顔を上げて、ノートを閉じたのだ。

「あの……先生？」

「そうか、そうだったんだ。皆、とりあえずここを出よう。警察に連絡して、彼女の遺体を家に帰さなければ」

私達は和田先生に言われるままに、廃校から出て車に戻った。

警察に連絡を入れて、警察が来るまでにやることがあるらしくて。

「で？　何をしなきゃならないんだよ。もう篠目ふみは見つけた、警察に任せておけば家に帰せる。日記もノートもルーズリーフも、篠目ふみの死体に添《そ》えたんだぜ？」

「そうだね。僕達が起きている間にできることは、もう全部やったと思う。でもね、僕は波音や早瀬さんの白い物は見たが、篠目ふみは見ていない。早瀬さんのノートにも書いてあっただろう。〝これは元の場所に還さなければならない〟って」

「いやだから、篠目ふみにだな……」

海琉が食い下がるけど、和田先生は首を横に振った。

「気付いたんだよ。早瀬さんのノートに書かれているのは、知ってはならない言葉と、悪夢の中でのことだ。つまり、悪夢の中にしかいない篠目ふみに還す。自分が誰かわからなくなっている篠目ふみに名前を教えるんじゃないかって。もちろん、これは僕の推測でしかないけどね」

悪夢を見ないために頑張ったけれど、結局また悪夢を見なければならないの？

それに、悪夢の中では現実と違って、白い物に殺されれば目が覚めてしまう。

失敗してしまえば、何度だって眠らなければならないのに。

「ふざけんなよ！　あとどれくらい先生の推測に付き合えば終わるんだ⁉　こっちはな、もう限界なんだよ！　いい加減に……」

「私、やります」

海琉が、今にも和田先生に殴りかかりそうな剣幕で怒鳴っている中で、私はそう呟いた。

そんな私に、戸惑った様子で。

「お、おいおい待てよ。どうするつもりだよ。日記かノートとか、悪夢の中にはないんだぜ？　どうやって還すつもりだ？　それにだな……」

「どうすればいいかなんてわからないよ。わからないからやるんでしょ。それに言ってたじゃない。このまま呪いが解けないなら、どの道私達は死ぬんだって。だったら、やれることをやろう。海琉は、私と一緒にいてくれるんでしょ？」

私がそう言うと、海琉は大きなため息をついて。

「わかったよ。やりゃあいいんだろやりゃあ。若葉ひとりで行かせるわけにはいかねぇしな。でも、これが最後だぞ。悪夢を見るのは、これが最後だ」

「うん。ありがとう」

海琉がそう言ってくれたことがうれしくて。

私は海琉と手を繋ぐと、ノートをまとめて膝の上に置いた。

「すまない。僕も行くから。丸山、ほんの少しの間、僕達は眠らせてもらうよ」

「わかりました。待ってます」

その丸山さんの声を聞いて目を閉じた私は、あっという間に眠りに落ちた。


目を開けると、そこは校舎の中。

大きな部屋の中に、私と手を繋いだ海琉と、和田先生の姿。

手にはノートの束《たば》が握られていて、悪夢の中まで持ってこられたんだと安心した。

「やれやれ、もう寝るのは秒だな。こんなに眠かったらそれも仕方ねぇか」

「行こう。さっきの場所に。そこにきっと、篠目ふみがいるはずだ」

でも、大丈夫かな。

悪夢の中の篠目ふみを見た時は、あまりの恐ろしさで身動きが取れなくて、心臓を掴みだされたから、ノートを還して名前を教えるなんてできるのかな。

和田先生の後に続いて、私と海琉も廊下に出る。

相変わらずピアノの音が聴こえていて、悪夢の中なんだなと思い知らされる。

「うん、大丈夫だ。ピアノの音が聴こえてるってことは、波音は近くにいないってことだな。さあ、今のうちに行こう」

どうやらそこは、校舎と校舎を繋ぐ廊下。

ちょうど生徒玄関の上にある部屋で、私達は音楽室がある校舎へと急いだ。

渡り廊下を渡り、階段を下りて。

すると、現実でも感じた重く痛い空気が私達を包み込む。

「重い……苦しい……」

「おい、しっかりしろ若葉！　すぐそこなんだぜ」

海琉に励まされ、私は頷いて廊下を歩き始めた。

廊下の奥の階段に差しかかると、踊り場には進波音と月菜が様子をうかがうように
こちらを見ていた。

襲ってくる様子はない……と言うよりも、それ以上は進めないと言った様子で。

ノートの束を握り締め、あの場所へとやってきた。

「‼」

いる……。

篠目ふみの遺体があった場所から、まるで水の中から出てくるかのように、ゆっく
りとこちらに向かって歩いてくる白い物が。

「こ、こいつが……」

「あ、あわわ……」

私だけじゃなく、ふたりともそう言うのが精一杯のようで。

海琉でさえ、身体が震えているのがわかった。

他の白い物とは違う、笑っていなくて真顔で私達を見ている。

動けない……あまりに恐ろしくて、声も出せない。

そんな中で、白い物は和田先生のほうに近づいた。

「あ、あわわ……や、やめて……僕達は……キミの……」

そんな和田先生の声も無視して、胸に手を伸ばしたのだ。

ダメだ、このままじゃ和田先生が心臓を取り出されて食べられてしまう。

動いて……お願い、少しでいいから！

そう強く願いながら、白い物にノートをまとめて突きつけた。

「もう……大丈夫だから。あなたはもうすぐ家に帰れるから。あなたの名前は……」

やっとの思いでそこまで言った時だった。

「ア、アア……アアアアアアアアアアアッ‼」

突然手にしていたノートが、砂のようになって崩れ落ちて。

白い物がどす黒く染まっていく。

真っ黒な影のようになった白い物が、私に手を伸ばそうとしたけれど、和田先生がとっさに私を突き飛ばしたのだ。

白い物の手が、和田先生の首を掴む。

「あぎっ……がが……」

その光景は、私の頭が理解するにはあまりにも凄惨《せいさん》なものだった。

和田先生の首を掴んだまま、後方にゆっくりと押し込んで。

ボキボキという音が聞こえ、和田先生の身体が不自然な形に曲がっていく。

そして、白い物の左手が和田先生の腹部に触れると、まるで風船が弾けるかのように、和田先生のお腹から内臓と骨が飛びだしたのだ。

「ひっ‼」

「うっ！」

普段なら大声を上げるところだけど、声すら出せないような重い空気に包まれていて。

「あが……がが……」

その内臓が飛びだした腹部に顔を埋め、シャクシャクと音を立て始めた。

口にはドクンドクンと脈打つ心臓。

それを強引に引っ張りだして……白い物は、和田先生の心臓をゴクリと飲み込んだ。

ピクピクと身体を痙攣《けいれん》させて床に倒れ込む和田先生。

次は……お前達。

そう言わんばかりに顔をこちらに向けて、ゆっくりと近づいてきたのだ。

ブツブツと、何かを呟いているように口を動かしている。

「私は誰……私は誰……わからない……思い出せない……私は誰……」

「くっ……お前は……はぁっ……」

海琉も必死に声を出そうとしているようだけど、この白い物の圧力に、思うように声が出せないのか。

白い物の目が、ギョロリと私の顔を見た。

こんなことなら、最初に名前を言っておけば良かった。

それが正解なのかすらわからないけど、それでも今よりは絶望を味わうことはなかったはずだ。

手を伸ばす……白い物が、私に。
その手が私の首を掴もうとした瞬間、海琉が声を上げて、白い物に殴りかかったのだ。
「くっ……そぉ‼」
白い物の頬に直撃し、グリンと首が回転する。
が、その首は一回転し、海琉の胸に顔を埋めた。
バキバキという音が聞こえて、海琉の顔が苦悶に満ちた表情へと変わっていく。
「ぐっ……ああああああああああっ！」
激痛に声を上げる。
お願い、一言だけで良いから。
ほんの一言、名前を言うだけで良いから！
そう願った瞬間、私の目の前に人影が現れた。
篠目ふみの首を掴み、強引に海琉から引き剥がしたのは……別の白い物、月菜だった。

「ぷはっ！　い、痛てぇ……あの野郎、ふざけやがって！」

「か、海琉！　え？　こ、声が出る！」

なぜ声が出るようになったのかはわからない。

なぜ月菜が篠目ふみに襲いかかっているのかもわからない。

でも、これは……最後のチャンスだ。

月菜が抑えてくれている間に、声が出る間に。

「アアアアアアアアアアッ！」

篠目ふみが、月菜を押し返して再び私を見る。

そして、月菜を引きずったままこちらに向かって歩き始めたのだ。

腕が振り上げられる。

それが私の顔に向けられる。

でも……大丈夫！

「あなたは……あなたの名前は、篠目ふみだよ！　お願い……思い出して」

その手は私の眼前に迫っていたけど……その瞬間ピタリと止まったのだ。

「アアア……篠目……ふみ……」

「そう、篠目ふみだよ。もうすぐ家に帰れるから……もう、ひとりじゃないから」

私に向けられた手を取り、祈るようにそう呟いた。

すると、真っ黒に染まっていた篠目ふみの身体は、蒸発《じょうはつ》するように元の色に戻っていった。

真っ白な、白い物に。

そして、生きていたであろう頃の、穏やかな姿に。

だけど、それもほんの一瞬だった。

篠目ふみは……現実で見た、白骨へと姿を変えて。

その場に崩れ落ちたのだ。

その直後、重く痛い空気は嘘のように晴れて、ホコリっぽいけど清々しい空気へと変化した。

「ハァ……ハァ……お、終わった……のか」

息も絶え絶えに、海琉が私を見上げて引きつった笑顔を見せた。

「うん……わかるよ。終わったんだって」

目の前の月菜も元の姿に戻っていて、徐々に消え始めている。

「月菜！」

私が呼びかけると、生きていた頃の優しい笑顔で振り返ってくれて。

「ごめんね。月菜の苦しみをわかってあげられなくて。でも……終わらせたよ。月菜のおかげで終わらせることができたんだよ」

「うん。ありがとうね。若葉」

月菜が消える寸前に、そう聞こえたような気がした。

頭の中が、真っ白になって……まるで悪夢の中で出口に触れた時のような感覚に包まれた私は、この悪夢が本当に終わったんだという実感に包まれて。

暖かな光の中で、ゆっくりと目を閉じた。

これは、奇跡や偶然が重なった結果じゃない。

月菜が、和田先生が……光星も摩耶も海琉も、もちろん丸山さんも。

皆が必死に繋いでくれた、ひとつの真実への道。
そこに辿り着けたという、必然の物語。
私はそう思う。

生きるということ

三日後。

あの出来事の後、家に帰った私は二日間目を覚まさなかった。

悪夢のせいでずっと眠れなかったからか、ご飯を食べたら眠ってしまったようで。

お父さんもお母さんも、弟の紅葉も心配していたようだけど、私はというと頭がスッキリして目覚めた時の気分は爽快《そうかい》だった。

夢の中で篠目ふみに還したノートの束。

あれはきっと、ノートや日記を還したのではなく、その呪いの力を還したんだろうな。

車の中で目を覚ますと、私の膝に乗っていたはずのそれらはなくなっていて、実感として篠目ふみに戻ったんだと思ったから。

病院に運ばれた摩耶と光星はどうなったかというと、結論を言えば、なんとかふたりの命は助かった。

でも、その傷跡はひどくて、後遺症《こういしょう》も残るだろうとのことだった。

摩耶にいたっては、まだ高校生なのに額の皮を剥がしたんだ。

その傷跡を見るたびに、今回のことを思い出すかもしれないし、また絶望して死にたいと思うかもしれない。

それでも、光星がずっと一緒にいてくれるなら、少しは慰《なぐさ》められるのかな。

ふたりはまだ入院中で、学校には登校していないけれど。

私と海琉は、いつもと同じように学校に来ている。

少し変わったことと言えば、海琉が授業中に居眠りしなくなったことくらいかな。


「先生、また来ちゃいました」

二限目の授業中、私と海琉は音楽室にやってきた。

「いや、また来ちゃいましたじゃないよね、神崎さんに野澤くん。キミ達は僕を教師だと思っていないんじゃないか？　教室に戻りなさいと言ったほうが良いかな？」

少し怒ったような表情で、鍵盤を弾く手を止めて私達を見る。

「まあいいじゃねぇかよ。俺達だって思うところはあるんだからよ。そう簡単に気持ちの整理なんてつかねぇよ」

教室に入り、椅子に座って大あくびをする海琉。

確かに、悪夢は見なくなったけれど、同級生を失ったり大怪我をしたり。

挙句《あげく》の果てには幽霊に立ち向かったんだから。

「……わからなくはないけどね。僕だって、一度は逃げだした悪夢を終わらせたという満足感はあるけど、それ以上にどうしてあの時逃げだしたんだという後悔もある。もしも逃げださなければ、キミ達が苦しまなくても済んだんじゃないかってね」

「そう思うなら少しくらい大目《おおめ》に見てくれよ。悪夢は見ねぇけど、寝るのがほんのちょっと怖いんだからよ」

海琉の言う通り、悪夢は見なくなったけど……だからといって安心して眠れるのかと問われたらそうではなかった。

大丈夫だと思っていても、また悪夢を見てしまうんじゃないかと毎晩怖いのだ。

「ところで先生、結局どうなったんだよ。篠目ふみの件は。あの後家に帰って寝込んじまったからよ、詳しく知らねぇんだよ」

「ああ、そうだね。行方不明事件としては解決したようだけど……少し気味の悪い後味が残ったみたいでね」

海琉に向いて座り直して、ポツリポツリと話し始めた。

私も新聞を読んで知ったことだけど、昭和五十五年に行方不明になった篠目ふみの遺体は発見された。

だけど、発見された遺体は篠目ふみだけではなかったのだ。

作業服を着た、男性と思われる白骨死体が三つ、篠目ふみに抱きつかれるようにして同じ場所に埋まっていたのだという。

不思議だったのは、当時、あの場所を補修《ほしゅう》していた作業員三人が、その工事が終わった後に行方不明になったこと。

つまり、その作業員三人というのが篠目ふみを乱暴して殺した人達で、でもそれだと工事が終わったのに、コンクリートの下から出てきたというのがおかしいというのだ。

「なんだよそれ、気持ちわりぃな！　工事が終わった後に行方不明になったのに、なんであの場所から出てくるんだよ！」

「うん、警察もそれがわからないみたいだ。僕が犯人じゃないかって疑われたけど、その時はまだ生まれてもいないしね。疑いは晴れたみたいだ」

きっとそれは、篠目ふみの強い恨みが三人を殺したのだろう。

他に何か可能性があるなら教えて欲しい。

それくらいしか、考えられないのだから。

「遠い遠い昔の出来事が、今の時代を生きる人間を苦しめる。自分が犯した罪が、後の世の人達を苦しめることになるなんて、誰も思わなかっただろうね。だからこそ人間は、安易に罪を犯すんだ。自分の子孫《しそん》に……いや、自分の身に降りかかるなんて思いもせずにね」

「ま、そうだな。それよりいつもの聴かせてくれよ。落ち着くんだよ、あの曲を聴くとよ」

和田先生の言葉を、軽く流すように返事をした海琉。

まあ、その気持ちもわからなくはないかな。

私達は確かに、和田先生と話をするためにここに来たけれど、あの曲を聴きたいと思っていたから。

「全く……わかったよ。この曲を気に入ってくれたなら僕も波音もうれしいからね」

フフッと笑い、先生はピアノに向きあって、鍵盤に指を乗せた。

そして奏でられる美しい旋律。

海琉がそうしたように、私も目を閉じて、この数日の出来事を思い返していた。

眠気がひどかったせいか、細かい部分はほとんど覚えていない。

よくもあんな限界の状態で、駆け抜けることができたもんだと、未だに信じられないよ。

和田先生が演奏している間に、わずかに瞼を開いた私は、驚いて目をこすった。

だけど、和田先生が気持ち良さそうにピアノを弾いているだけ。

「ん？　どうしたんだよ」

私が動いたのに気付いたのか、海琉も目を開けて私を見る。

「んーん。なんでもない。今ね、進波音が先生の隣にいたような気がして」

「そうか。まあ、喜んでるかもしれねぇな。先生とふたりで作ろうとした曲なんだろ？　だったら、本当にいたのかもしれねぇ」

「うん……そうだね」

まさか海琉がそんなことを言うなんて思わなかったな。

「あ、そうそう。知ってる？　最近、誰もいないはずの音楽室からピアノの音が聴こえるって噂が流れてるの。和田先生が弾いてるのにね」

「はっ、なんだよそれ。まあ授業中だし、誰も確認には来れねぇからな」

私と海琉は、そんな和田先生の演奏を聴いて、二限目を過ごした。

和田先生も、初めて会った時とは違う、とても晴れやかな表情で。

きっと、進波音と和田先生は、良い関係だったんだろうなって、この曲を聴いたら理解できた。

その後、私達は教室に戻って授業を受けた。

まだ、ふわふわとした感覚が残っていて、集中していたかと問われれば、集中はできてなかったけど。

放課後に、悪夢が終わってから一度も行ってない、摩耶と光星のお見舞いに行こうと海琉と話して。

私達はそれぞれの時間を過ごした。

放課後になり、ふたりが運ばれた病院に到着した。

光星は左手を切断していたこともあって、かなり危なかったみたいだけど、なんとか一命を取りとめたようだ。

摩耶の病室、ドアをノックして中に入ると……頭に包帯《ほうたい》を巻いた摩耶が、驚いた表情を私に向けた。

「若葉……いや、入ってこないで！　私、ひどい姿だから見られたくない！」

そう言うと頭まで布団をかぶって、私達を拒絶する。

こんな時、なんて声をかければ良いんだろう。

海琉の顔を見ると、困ったような表情で。

「すまん若葉。俺は出てるわ」

さすがに海琉も空気を読んだのか、ドアが閉まる前に廊下に出た。

「えっと……摩耶。呪いは解けたよ。皆のおかげで、もう二度と誰も悪夢に苦しむことはないいんだよ」

こんなことを言ったって、摩耶がどう答えるかなんて想像はついていた。

悪夢から逃れるために、自分と光星の身体を切り刻んだ摩耶がなんと言うかなんて。

「苦しむことはない？　私はあの悪夢のせいで今でも苦しんでるのに！　こんな姿になって、どうやって生きていけば良いのよ！　光星だってきっと、私のことを恨んでる！　こんな醜《みにく》い私を、誰が好きになってくれるのよ！」

「摩耶……」

そんな摩耶に、私はなんと声をかければ良いのだろう。

摩耶はかわいい女の子だった。

もちろん顔だけじゃなく、人当たりの良い子だったけど……顔に大きな傷を作ったのだから、女の子としては辛いのはわかるよ。

そんな時だった。

部屋のドアが開いて……壁に手をついた光星が、よろめきながら中に入ってきたのだ。

「光星くん！　まだ出歩いちゃダメよ！　早く病室に戻って！　あなたは絶対安静なんだから！」

その脇《わき》には、看護師《かんごし》さんが慌てた様子で。

「本当に、本当に少しだけで良いんです。治ってからじゃ遅い……今伝えたいことがあるんです！」

そう言って、私をチラリと見ると、微笑んでみせて。

ベッドの横で看護師さんにつかまるように立った光星は、口を開いた。

「摩耶、俺がいるから。どんな摩耶でも俺は好きだ。これから先、この気持ちは何があっても変わらない。ずっと一緒にいよう。愛してる」

摩耶がかぶった布団が震えてる。

これは私の出番じゃないね。またお見舞いに来るから
「摩耶、光星、私は行くね。またお見舞いに来るから」

「あ……若葉。その……気を落とすなよ」

「何言ってるのよ。摩耶は光星に任せたから。摩耶を泣かせないでよね」

「あ、いや……ああ、うん」

おかしなことを言うんだから、光星は。

病院を出て、どこに行くというでもなく海琉とふたりで歩いていた。

時間はもう夕暮れ。

空が赤く染まり始めて、明日もいい天気なんだろうなと考えていた。

「摩耶と光星、大丈夫そうだね」

「あ？　何言ってんだよ。まだ怪我が治ってねぇのに」

「そうじゃなくて！　ほら、光星がいれば摩耶は大丈夫かなって」

私がそうつけ加えると、海琉は「あぁ」と小さく呟いた。

本当に……光星の摩耶に対する想いは羨ましく感じるよ。

「それで？　海琉はどうなの？　光星みたいな告白《こくはく》は期待してないけど、私には何も言ってくれないの？」

「何もって……何を期待してるんだよ」

少し照れたように、視線を逸らす。

悪夢を見ていた時は、あんなに言ってくれたのに、終わった途端にこれなんだから。

まあ、海琉らしいと言えば海琉らしいよね。

「だって……このままずっと変わらない関係でいるわけ？　もう一度、ちゃんと聞きたいなって」

「いやいや、若葉は本当にそれでいいのかよ。俺だぞ？　今ならまだ引き返せるんだぞ？」

何よ、あんなことを言っておいて、今になって尻込みしてるの？

心がくじけそうな時、もうこれ以上進めないって諦めかけていた時に、海琉の言葉があったから、海琉がいてくれたから私は先に進めたのに。

「私は、海琉がいたから今、生きてるんだよ。それとも、あの時は海琉がひとりになりたくなかったから私を騙したの？　その気にさせておいてひどいなあ」

「バ、バカ！　そんなんじゃねぇよ！　じゃあ、お前は本当にそれでいいんだな？　後悔しても知らねぇぞ？」

あの悪夢を……呪いを一緒に駆け抜けたんだ。

海琉がいなかったら私は生きていなかっただろうし、良くて摩耶や光星達と同じように大怪我をしていただろう。

いや、私は首に印があったから、やっぱり死んでいたかもしれないな。

だから、海琉となら、これから先何があっても私は大丈夫。

「うん。だから、言ってよ」

「あ……あぁ。俺がずっと一緒にいてやるよ。これから先、若葉が死ぬまでずっと一緒に」

「ありがとう……海琉」

そう呟いて、私は海琉を見上げて目を閉じた。

夕焼け空の下でふたり、唇を重ねて。

私は涙を流した。

呪いによって死んでしまった人達、大きな傷を負《お》ってしまった人達。

でも、全部終わって、これから始まることもあるんだと考えたら、自然と涙が出た。

私は生きるよ。

呪いによって死んでしまった人達のぶんも。

夕日に照らしだされた一本の長い影を見て、私はまた涙を流した。

End

あとがき

『見てはいけない』を読んでくださって、ありがとうございます。

この物語はどうだったでしょうか。

ラストはハッピーエンドの、なんとか救われたストーリーでしたか？

それとも、救いのない悲しい結末でしたか？

どちらかの解釈が正しいとか、間違っているとか言うわけではありません。

何を言っているかがわからないという方もいるかもしれませんね。

読む人によって結末の捉え方が変わるように作ってありますので、一度読まれた方は、もうひとつの解釈を探してみてはいかがでしょうか。

さて、この物語の幽霊〝白い物〟はどうでしたか？

遭遇したら、目を逸らしてはならない幽霊。

ずっと見続けていれば殺されることはないとはいえ、不気味に笑う真っ白な顔の幽霊を見続けるのがどれほど恐ろしいか。

私の代表作に出ている真っ赤な女の子の幽霊も怖いですが、そちらでは書けなかった恐怖が演出できていたらと思います。

最初にルールを提示しているのに、後であっさりとそのルールを覆す幽霊が出てくるというのも、私は怖いと思っています。

そして眠れない苦しみ。

皆さんは寝る時間になったら寝てください。

無理に起きてて、良いことなんて何もありませんからね。

寝たら死んでしまうと言うなら話は別ですが。

さて、いつも書いていた近所の玩具店の話ですが、店主の娘さんが、数年前は小さな子供だと思っていたのに、今ではもうメイクもして立派なお嬢さんになっていました。

時が経つのは早いと感じました。

最後に……まだひとつ、解けてない謎がありますよね？

二〇二〇年三月二十五日　ウェルザード

ウェルザード（うぇるざーど）

1979年11月2日生まれ、福井県在住。ホラー小説を得意とし、2013年8月『カラダ探し上下』で作家デビュー。『カラダ探し』シリーズはコミックアプリ「ジャンプ+」にて漫画化。その他『ねがい』など著作多数（すべてスターツ出版刊）。また、エブリスタ小説大賞2015-2016におけるエンターブレインミステリー＆ホラー賞にて、『私と変態の怪奇な日常』が大賞を受賞した。

梅ねこ（うめねこ）

2017年より野いちごのホラー書籍のカバーを中心に活動中。担当作は、『イジメ返し　恐怖の復讐劇』『新装版　イジメ返し～復讐の連鎖・はじまり～』『イジメ返し　最後の復讐』（すべてなぁな・著）、『恋愛禁止～血塗られた学生寮～』（西羽咲花月・著）など。

ウェルザード先生への
ファンレター宛先

〒104-0031　東京都中央区京橋1-3-1　八重洲口大栄ビル7F
スターツ出版（株）書籍編集部気付　ウェルザード先生

この物語はフィクションです。
実在の人物、団体等とは一切関係がありません。

見てはいけない

2020年3月25日　初版第1刷発行

著　者　ウェルザード　©Welzard 2020

発行人　菊地修一

イラスト　梅ねこ

デザイン　斉藤彩

DTP　株式会社 光邦

編集　若海瞳

編集協力　ミケハラ編集室

発行所　スターツ出版株式会社
〒104-0031
東京都中央区京橋1-3-1 八重洲口大栄ビル7F
出版マーケティンググループ TEL 03-6202-0386
(ご注文等に関するお問い合わせ)
https://starts-pub.jp/

印刷所　株式会社 光邦
Printed in Japan

ISBN 978-4-8137-0873-5 C0193

恋するキミのそばに。

♥野いちご文庫人気の既刊！♥

幼なじみとナイショの恋。

ひなたさくら・著

母親から、幼なじみ・悠斗との接触を禁じられている高1の結衣。それでも彼を一途に想う結衣は、幼い頃に悠斗と交わした『秘密の関係』を守り続けていた。そんな中、2人の関係を脅かす出来事が起こり…。恋や家庭の事情、迷いながらも懸命に立ち向かっていく2人の、とびきり切ない恋物語。

ISBN978-4-8137-0748-6　定価：本体620円＋税

ずっと恋していたいから、幼なじみのままでいて。

岩長咲耶《いわながさくや》・著

内気で引っ込み思案な瑞樹は、文武両道でイケメンの幼なじみ・雄太にずっと恋してる。周りからは両思いに見られているふたりだけど、瑞樹は今の関係を壊したくなくて雄太からの告白を断ってしまって…。ピュアで一途な瑞樹とまっすぐに想いを寄せる雄太。ふたりの臆病な恋の行方は……？

ISBN978-4-8137-0728-8　定価：本体590円＋税

早く気づけよ、好きだって。

miNato《ミナト》・著

入学式のある出会いによって、桃と春はしだいに惹かれあう。誰にも心を開かず、サッカーからも遠ざかり、親友との関係に苦悩する春を、助けようとする桃。そんな中、桃はイケメン幼なじみの蓮から想いを打ち明けられ…。不器用なふたりと仲間が織りなすハートウォーミングストーリー。

ISBN978-4-8137-0710-3　定価：本体600円＋税

大好きなきみと、初恋をもう一度。

星咲《ほしざき》りら・著

ある出来事から同級生の絢斗に惹かれはじめた菜々花。勢いで告白すると、すんなりOKされてふたりはカップルに。初めてのデート、そして初めての……ドキドキが止まらない日々のなか、突然絢斗から別れを切り出される。それには理由があるようで…。ふたりのピュアな想いに泣きキュン！

ISBN978-4-8137-0687-8　定価：本体570円＋税

書店店頭にご希望の本がない場合は、書店にてご注文いただけます。